Aller Lieben

AF282636

Frida Bordon

Aller Lieben

Roman

Bibliografische Information der Deutschen Nationalbibliothek:
Die Deutsche Nationalbibliothek verzeichnet diese Publikation
in der Deutschen Nationalbibliografie; detaillierte bibliografische
Daten sind im Internet über dnb.dnb.de abrufbar.

Die automatisierte Analyse des Werkes, um daraus
Informationen insbesondere über Muster, Trends und
Korrelationen gemäß §44b UrhG (»Text und Data Mining«) zu
gewinnen, ist untersagt.

© 2024 Frida Bordon

Satz und Verlag: BoD · Books on Demand GmbH,
In de Tarpen 42, 22848 Norderstedt, bod@bod.de
Druck: Libri Plureos GmbH,
Friedensallee 273, 22763 Hamburg

ISBN: 978-3-7597-9367-6

Frida Bordons Roman *Aller Lieben* fügt sich in die Reihe ihrer schriftstellerischen Arbeiten ein. Sie veröffentlichte Drehbücher, Kurzgeschichten in mehreren Anthologien, verfasste Essays und Features für Hörfunk und Printmedien und publizierte Sachbücher, Reiseliteratur mit Schwerpunkt Italien sowie Ergebnisse ihrer Forschungsarbeiten.

Frida Bordon studierte Slawistik, Germanistik, Pädagogik und Politikwissenschaft, schloss ihr Studium mit dem Ersten und Zweiten Staatsexamen ab und promovierte mit einer politikwissenschaftlichen Arbeit.

»Eine lange Erzählung könnte es werden«, versprach die Dame mit der Amaryllis.

»Und ein heiteres Gedenken aller Lieben...«, gebot die kluge Witwe.

Kapitel 1

Die Amaryllis reckte sich üppig rot und magisch strahlend im Sonnenlicht.

»Alles bestens«, sagte sie und hob das Smartphone auf der flachen Hand in Mundhöhe, ein Lächeln im Gesicht. Etwas habe sie in gute Laune versetzt, sagte sie der Freundin, aber sie wisse nicht was.

Sie wusste es: Todesanzeigen, die hintereinander auf dem Bildschirm erschienen, als sie am Morgen seinen Namen eingab.

Eingebung, so erklärte sie später diese Handlung und beschrieb das Gefühl als wohlige Losigkeit, die sich einstellte, als sie sich an ihn und die einst vertrauten Gesichter der Kondolierenden erinnerte.

Jung waren diese Gesichter, die sich in ihre Erinnerung schoben, sie schienen entschieden, hoffnungsvoll, verletzlich, kämpferisch und wurden, im Nachgang betrachtet, hinterhältig, heimtückisch, auf Vorteile bedacht, hohl und dumpf.

Mehr oder weniger.

Sie las alle Todesanzeigen, einige auch mehrmals.

Sie sammelte akribisch Adjektive und Adverbien,

erkannte Muster und Strukturen der in Worten ausgedrückten Trauer, ordnete die verschiedenen Lebensbereiche, denen sie entstammten, trennte ehrliche von geheuchelter Anteilnahme.

Und wurde dabei immer heiterer.

Die Beschreibungen des Verlustes markierten den Verstorbenen als kenntnisreichen und kritischen Genießer, als Mitstreiter für eine gemeinsame, einst ernstzunehmende und nun nicht näher benannte Sache.

Man beklagte das Vermissen seiner Qualitäten – Witz und Stil insbesondere –, das Fehlen eines geselligen, eines geliebten Menschen.

Jedenfalls waren es allesamt treffende Worte, die Trauer hätten begleiten können.

Ein tragischer Tod, wohl wahr, rein zufällig Opfer eines Terroranschlags zu werden, am Kiosk beim Bierholen sozusagen.

Das sagte später ein Freund, der ihr die näheren Umstände detailgetreu und nicht ohne Genugtuung schilderte.

Sie hätte, so dachte sie nun, bestimmt von einem irritierenden Gefühl wachsender Abneigung, unter den Trauernden sein können an diesem noch sonnigen und warmen Oktobermorgen im schattigen Zentralfriedhof.

Eine von ihnen, den Erfolgreichen, den Sichtreugebliebenen, den mehr oder weniger gesund Gealterten, den Ehepaaren, Lebenskünstlern, den Ewigkritischen, den Schnorrern und Eiferern, die sich überall dort einstellen, wo Komfortzonen und damit verbundene Skrupel groß sind.

Sie blickte auf die Amaryllis, deren prächtige blutrote Blüte sich in wenigen Tagen in ein schleimiges, übelriechendes Nichts verwandeln würde, das hässliche Spuren auf dem schwarzen Lacktisch hinterließe.

Sie holte tief Luft und ahnte, dass sie ihn und die anderen nicht so schnell vergessen würde und dass jede, jeder eine eigene Erzählung verdiente.

Sie öffnete eine Flasche Chablis, stieß an auf dieses wunderbare Gefühl, zu leben, überlebt zu haben, über ihre eigene Geschichte zu verfügen und die Geschichten der anderen erzählen zu können.

Wenn sie denn wollte.

Was er nun nicht mehr konnte.

Welch eine bereichernde Eingebung an diesem sonnigen Morgen, dachte sie.

Und blutrot strahlte die Amaryllis.

»Die Reihe seiner Veröffentlichungen war nicht lang, der kritische Journalismus sein Metier: Rechtskartelle, Mafia, Korruption, Machtmissbrauch. Seine politischen Zuspitzungen flankierte ein eleganter Stil.«

Lächelnd erinnerte sie sich, so etwas auch in einer der Todesanzeigen gelesen zu haben.

Und ergänzte nun einfühlsam:

»Seine letzten Jahre vertat er mit der rastlosen und kräftezehrenden Produktion fiktionaler Geschichten im regionalen Milieu, einem gängigen Genre der Kriminalliteratur, die seine früheren journalistischen Recherchen ins Düstere steigerte, aber kaum zur Aufbesserung seiner insgesamt schmalen Rente führte.«

Dieses zweckfreie Epitaph entwarf sie nach dem dritten Glas.

Dann rief sie die kluge Witwe an, um der miesen Auftritte des Verstorbenen als Liebhaber zu gedenken.

Es folgte ein längeres vertrautes Gespräch erfahrener Frauen, die darüber scherzten, dass sie ihm einst freiwillig willfährig ihre Netzwerke zur Verfügung stellten, die er nutzte, um sich beruflich zu ankern, bis hin zur Festanstellung.

Wut und Trauer waren bearbeitet, der theoretische Überbau im Geschlechterkampf gefestigt. Entspannte Gleichgültigkeit angesichts des doppelten Liebesverrats bestimmte die Tonlage der Freundinnen.

»Ein Blender«, sagte die Witwe und Unternehmerin, die er einst betrog mit der nächsten Entscheiderin auf seiner Karriereleiter.

»Ein Parasit«, sagte die Freundin.

»Was für ein schöner Tag!«, versicherten sich beide.

»Eine lange Erzählung könnte es werden«, versprach die Dame mit der Amaryllis.

»Und ein heiteres Gedenken aller Lieben...«, gebot die kluge Witwe.

Kapitel 2

Hansmann spürte die tief stehende Septembersonne auf seinen nackten Unterarmen, am Hals
und im Gesicht in einer für diese Jahreszeit un-
bekannten Kraft.

Unpassend, fügte er in Gedanken hinzu, wo doch
Laubschichten auf den Parkwegen liegen und die
staubige Luft bereits nach Kälte riecht.

Aber warum auch nicht, wo sich doch alles än-
dert.

Dieser Gedanke blieb in der Schwebe, war Probe
in Sachen Fügen und Annehmen. Erstaunen
oder gar Bedauern wäre zu aufwändig, dachte
Hansmann, während er den drei Mädchen nach-
schaute, die durch das Laub stoben und mit
ihren hochhackigen Schuhen trockene Blätter
aufwirbelten.

Hoch bis zu den hellen Kopftüchern, die Haare,
Hals, Schultern und Brust bedeckten, flog gelb-
braunes Laub.

Sie versuchten es mit den Händen aufzufangen

und einander zuzuwerfen. Rotlackierte Fingernägel, dunkel umrandete lachende Augen, rot geschminkte Münder.

Eine seltsame Verstellung und spielerische Versuchung, überlegte Hansmann, und stellte sich vor, wie die Mädchen ohne Kopftücher und nackt aussähen.

Er spürte eine Erektion. »Ungleichzeitigkeit«, er wurde dieses Wort nicht los, es begleitete ihn auf dem Weg zum Kiosk.

Als er wieder zu sich kam, stand da kein Kiosk mehr, keine Warteschlange der Angestellten und Schüler, der Trinker und Obdachlosen. Die drei Mädchen mit den Kopftüchern gab es auch nicht mehr. Stattdessen Krankenwagen, Polizeifahrzeuge, Rettungssanitäter, Polizisten, die mit Plastikplanen Neugierigen und selbst berufenen Chronisten des Terrors den Blick auf die Opfer verwehrten.

Er könne sich an nichts mehr erinnern. Das sagte er der Polizistin. Er erzählte dann von den drei Mädchen mit den hellen Kopftüchern und den wirbelnden Blätter, von den roten Fingernägeln und Mündern, der kräftigen Septembersonne auf seiner Haut. Sichtlich irritiert legte die junge Polizistin ihm das Protokoll zur Unterschrift vor. Dann ging Hansmann nach Hause und legte sich schlafen. Er war fest entschlossen, alles so anzunehmen, wie es war, die kräftige Septembersonne, dieses unvorhersagbare Ereignis, das mögliche und nun zufällig aufgeschobene Ende seines Lebens.

Hansmann kannte sich aus, war er doch mehr als drei Jahrzehnte als Lehrer Teil eines Feldversuches in Sachen Wandel und Stillstand, er ließ sich nichts vormachen.

Wirklich waren die Opfer, die drei toten Mädchen mit den Kopftüchern und die anderen.

Wirklich waren die, die es noch gab und die sich die Welt auf ihre Weise erklärten.

Als er aufwachte, stand eine Frau vor der Tür.

Er erkannte sie sofort.

»Obdachlos«, sagte sie, ihr Grinsen wirkte unpassend.

Sie gehörte zum »angestammten Humankapital« wie Hansmann gerne zitierte – und war seine frühere Schülerin. Eine von denen, die kein Interesse an seinen Mehrwert bildenden pädagogischen Maßnahmen hatten.

Hansmann stellte sich vor, wie sie die letzten Jahre verlebte: Abhängen, Feiern, Supermarktkassen, Zweizimmerwohnungen, Beziehungen, Ehe, Scheidung, Urlaube und Umschulungen, Abhängen und Feiern und immer so weiter.

»Selbst daran schuld«, so jedenfalls sah sie die

Dinge. Hansmann hatte dafür andere und politische Erklärungen, die er einst auch seinen Hauptschülern zumutete und die niemand von ihnen hören wollte.

Dass die Dinge aber zunehmend eine unvorhersehbare Entwicklung nahmen, darin stimmten beide in einem später folgenden Gespräch überein.

Hansmann: »Möchtest Du bei mir einziehen?«

Undine: »Das sind drei große Plastiktüten.«

Hansmann: »Macht nichts. Kannst ja einiges wegschmeißen.«

Undine: »Mach ich.«

Das war im Park wo früher der Kiosk stand, den es jetzt nicht mehr gab. Der Polizeiwagen zum Schutz der Synagoge war wie immer vor Ort. Auch Penner und Drogendealer gab es, aber andere. Und auch die Kinder auf dem Spielplatz und Mädchen mit Kopftüchern, aber andere.

Hansmann erzählte seine Geschichte.

Sie stellte keine Fragen.

Sie bezog das zweite Zimmer, warf ihre Habseligkeiten in den Müll. Hansmann kaufte ihr neue Kleidung, gab ihr Geld für den Friseur, stellte ihr seine Bücher, seine Musik, seinen Kühlschrank zur Verfügung und blieb auf Distanz. Undine blieb.

»Kein Laut ist zu hören«, sagte sie, und sie erzählte von dem Vogelschwarm, der sich in den gegenüberliegenden Fenstern des Hinterhofes spiegelte.

Wie sich die Vögel plötzlich teilten, wie die Fensterscheiben die Choreographie brachen und wie doch alles ein Ganzes ergab.

Nein, so sagte sie es nicht. So dachte Hansmann, weil er schon vor langer Zeit begonnen hatte, davon zu träumen.

Und sie breitete die Splitter ihres Lebens vor ihm aus.

Nicht dass ihr Schicksal ihn berührte.

Ihm gefiel die Sachlichkeit ihres Berichts.

Wie ein Deutschaufsatz, dachte Hansmann.

Berichte kurz und knapp, wie es Dir gelang, in wenigen Jahren nach ganz unten zu kommen.

Kapitel 3

Gerne hätte er einen Punkt in seinem Leben gemacht.

Ohne Nachsicht. Und da der Zufall es für ihn nicht besorgt hatte, dabei dachte er immer wieder an den Anschlag im nahegelegenen Park, beschloss Stahl nach verschiedenen Suchbewegungen und kurz vor Weihnachten, die Dinge selbst in die Hand zu nehmen. Und den Nickligkeiten seiner Existenz ein Ende zu bereiten.

Wenn auch weniger endgültig.

»Ich habe die Wohnung verkauft«, sagte Stahl.

Ines drehte sich zu ihm: »Wo sollen wir jetzt wohnen? »

»Ich gehe fort«, sagte Stahl.

»Was? – Du?«

»Ich habe Dir etwas Geld überwiesen, das wird für den Übergang reichen«, antwortete Stahl.

»Was für ein Übergang, Stahl?- Und wie viel?«

Stahl lächelte und verließ das Zimmer.

Er wusste, dass sie das Ticket für den Flug nach Athen bereits in der Manteltasche hatte.

Er war ihr zuvorgekommen. Das stimmte ihn fröhlich.

»Danke« hatte sie mit dem breiten Filzstift in ihrer großzügigen Schrift auf den Küchentisch geschrieben, dort, wo Stahl immer saß.

So, als hätte er es übersehen können. Stahl stellte seinen Teller darauf. Nicht, dass er Ines vermisste.

»So ein schwacher Mann. So ein starker Nachname. Und so ein kindischer Vorname: Ansgar Stahl!«

Diesen Spruch gab sie gerne zum Besten.

Ines sammelte Widersprüche. Das war ihr Stoff, daraus machte sie Kunst.

Ansgar Stahl lud alle ein. Die Wohnung war leer geräumt, frisch gestrichen. Ein milder Frühsommerwind brachte Blütenduft und Aufbruch. Nichts erinnerte mehr an sein früheres Leben. Die Catering-Firma hatte Stehtische aufgestellt. Es gab Kanapees und Champagner, serviert von jungen Frauen mit schwarzen Etuikleidern und weißen Schürzchen.

Auf den Stehtischen standen Namenskärtchen.

Die Gruppenbildung ist perfekt, dachte Stahl.

Er stellte sich zuerst an den Tisch seiner Redaktionskollegen. Was er denn jetzt machen wolle, ob er schreiben werde, wohin er zöge, gewiss nach Spanien, oder vielleicht Griechenland?

Die Fragen spiegelten ihre unerfüllten Wünsche und gescheiterten Pläne.

Stahl ließ vieles offen, bestätigte Erwartungen: Sinnkrise, Überdruss, Rückzug, Freiheit, Erholungsbedürfnis, Erschöpfungszustand, Neuorientierung.

Damit konnte jeder etwas anfangen.

Das war die erste Runde.

Die zweite kreiste um die Krise des Journalismus und persönliche berufliche Suchbewegungen. Bevor Stahl den Tisch wechseln konnte, kam die Neid-Runde:

»Die Ratten verlassen das sinkende Schiff.«

Gut getroffen habe er, Stahl, es mit seiner Erbschaft, perfektes Timing, nun könne er frei von knechtender Lohnarbeit seinen Ambitionen folgen.

Gerade im richtigen Alter, um noch etwas Neues zu beginnen, jetzt, wo auch die Ehefrau weg sei.

Vielleicht werde er jetzt seinen Roman schreiben, sich das traumatische Erlebnis »von der Seele« schaffen.

»Welches?«, fragte Stahl, und lächelte milde.

Dann kam, wie erwartet, die dritte Runde. Die nationale Gefahrenlage und persönliche Betroffenheit.

Die weiblich besetzte Politik-Redaktion war

anekdotenreich den Tränen nahe. Stahl bedankte sich artig für die guten Wünsche zu seinem weiteren beruflichen und persönlichen Werdegang und ließ noch eine Runde Champagner nachschenken.

Eine gute Feier, dachte Stahl und wechselte zum Beziehungstisch.

Dort standen Freunde des früheren Ehepaares Stahl. Ansgar war die von ihnen ausgehende und ihn betreffende körperliche Belagerung unangenehm.

Es schien, als wolle man ihn durch intensive Berührung für erlittenen Verlust trösten. Jeder wusste, dass es dabei auch um Ines ging.

Deswegen intensivierten die Freundinnen den Hautkontakt. Und die Freunde legten ihm Arme um die Schultern, klopften mit breiten Händen auf seinen Rücken, beglückwünschten ihn zur neuen Freiheit, um die sie ihn beneideten, lägen sie doch selbst noch in Ketten, schlügen sich mit kostspieligen Scheidungen herum, müssten für das Studium der Kinder Tausende hinblättern.

Über all dem lag ein Nebel von Zynismus, Selbstmitleid und Resignation.

Ja, diese Heuchelei, dieser Neid und die übelwollende Neugier gefielen Stahl. Drei Tische waren noch übrig.

Der Tisch mit den Männerfreundschaften, der Tisch mit den verflossenen Geliebten, die voneinander wussten, schließlich der Tisch mit den Übriggebliebenen, denjenigen, die nicht aufgaben, auch wenn Stahl sie ignorierte, ihre Mails nicht beantwortete, bei Anrufen einsilbig blieb, sie schlichtweg übersah.

Stahl bereute seine mangelnde Freundlichkeit, bedauerte mögliche Verletzungen, hoffte auf Ausgleich. Er ging zu ihnen, sprach jeden, jede mit dem Vornamen an.

Und lang blieb er dort, bei den Übriggebliebenen, bis sie alles angesprochen hatten, was sie bewegte und was nur vordergründig mit ihm, Stahl, zu tun hatte.

Und sie tranken, willig und durstig, bis sie sich kaum noch auf den Beinen halten konnten. Stahl blieb bei ihnen, war freundlich und verbindlich und sorgte für neuen Champagner und Leckereien.

Bis die Verflossenen ihn fast gewaltsam an ihren Tisch zogen. Man wolle doch auch etwas von ihm haben, es warte eine Überraschung auf ihn. Dafür müsse er in ihrer Nähe sein.

Überraschung? Stahl wurde neugierig.

Die Damen hatten sich schnell bekannt gemacht, eine originelle Idee, fand Stahl und freute sich über das erstaunliche Einvernehmen zwischen den Frauen und das ihm entgegengebrachte Wohlwollen. Gut roch es an diesem Tisch. Gepflegte Hände, Hälse, Gesichter, perfekte Garderobe, gediegener Stil.

Stahl war charmant, liebenswürdig, sprach achtsam, lobte die positive Ausstrahlung, das gute Klima in diesem Kreise, dankte für die gute Zeit, die Liebe und überhaupt. So wollte er die Verletzten entschädigen, so großzügig wollte er in Erinnerung bleiben. Heiter dachte er an die von den Damen angekündigte Überraschung.

Geht doch, sagte er sich. Es ist möglich, im Guten auseinander zu gehen und das Verbindende zu pflegen. In diesem Sinne brachte er einen Toast aus.

Und die Damen lohnten mit Girren und Gurren.

Ansgar schwebte auf einer Wolke des Wohlgefühls.

Der Absturz kam gegen Mitternacht, als die fern geglaubte, nun sichtbar schwangere Ines die Szene betrat.

Stahl schwankte. Ines flog ihm entgegen. Nein, keine Apotheose. Fast hätte sie ihn zu Boden gerissen.

Die girrenden Damen fingen beide auf.

Ines richtete ihr blaues Faltenkleid, ihr nun blondes gelocktes Haar, faltete die Hände über dem gewölbten Leib, stand breitbeinig und ungeheuer präsent als Überraschungsgast vor ihm.

»Hier – bin – ich – doch – richtig?«

Ihr bleich geschminktes Gesicht glich dem einer Bellini-Madonna. Sie hatte ihren Namen auf einem der Tischkärtchen entdeckt: »Stahl, das ist wirklich ein starker Abgang! Da kann ich doch nicht fehlen!«

»Niemand hat dich vermisst!«, schrie eine vom Tisch der Freunde des Ehepaars Stahl.

Ines lächelte geübt. Die Redaktionskollegen drängten herbei. Zeit für eine Abwechslung. Der Tisch der Anhänglichen rückte heran.

Wer hatte nur das Tischkärtchen für Ines aufgestellt?

Aasgeier, dachte Stahl und fühlte seinen großen schweren Körper als Last: Wieder so viel Leben im falschen!

Stahl wankte zum Tisch seiner Männerfreundschaften.

Hier war die Wagenburg,

Ansgar suchte Rettung.

Hier schien sie am nächsten.

Bis einer der Freunde auf den zukünftigen Vater anstieß und alle johlend einstimmten.

Kapitel 4

In Frankfurt stieg er aus und ließ sich mit dem Taxi vom Bahnhof ins Nordend fahren. Seine Mutter begrüßte ihn freundlich, eine gepflegte Dame Ende Sechzig, weise, weltkundig, wortgewandt.

Ihre weiträumige Altbauwohnung atmete Wohlstand und Gastfreundschaft, eine seltene und wohltuende Mischung, wie er ihr immer wieder gerne versicherte.

»Du schaust elend aus«, sagte sie zur Begrüßung.

Er hatte nichts anderes erwartet, fand seinerseits nette Worte für den Anfang.

Kurz danach schlief er auf dem Sofa im Wohnzimmer ein. Frau Stein betrachtete ihren schlafenden Sohn, während sie die Flasche Champagner leerte. Aufgedunsen schien er, wohl in der Mitte seines Lebens – jedenfalls statistisch gesehen, derangiert und wenig glücklich.

Ein merkwürdiges Wesen, dachte sie, das hin und wieder anreist, viel schläft, viel isst und trinkt und plötzlich wieder abreist.

Bald wird er aufwachen, hungrig und redselig, geistreich, unterhaltsam, von Freunden und Frauen, von seinen Erfolgen und Niederlagen erzählen. Frau Stein genoss diese Stunden.

Jedenfalls die ersten. Selbst die Tragödien mit treulosen Geliebten kommentierte der Sohn pointiert und scheinbar teilnahmslos.

Literatur und Kunst boten dabei die schönsten Bezüge bei der Schilderung widerständiger Handlungen, wechselnder Emotionen und nachhaltiger Wirrnisse.

Offensichtlich wusste er immer noch nicht, wie es mit ihm weitergehen sollte. Frau Stein liebte ihren Sohn auf ihrer Weise. Und er liebte seine Mutter. Und da sich beide gut kannten, hielten sie notwendigen Abstand.

»So, Daniel, und was kommt jetzt?«
»Wie meinst Du das?«

Er schätzte diese diskursive Auseinandersetzung. Sie zwang ihn, sein Verhalten einem mentalen Zustand zuzuordnen und sich selbst – zumindest zeitweise – näher zu kommen.

Er griff sich die Platte mit den Lachsschnittchen und legte sich wieder auf das Sofa, sichtbar erschöpft von seinen Erzählungen.

Er habe die entwicklungspsychologische Phase, in der Kinder lernen, dem Verhalten einer Person einen mentalen Zustand zuzuordnen, wohl übersprungen, erklärte Daniel. Deswegen sei sein eigenes Interpretations- und Verhaltensspektrum so verengt. Der Zugang zu den Wahrnehmungen und Überzeugungen der anderen sei ihm gar verstellt, fügte er ohne Bedauern hinzu.

Frau Stein lachte: »Es kann schon vorkommen, dass eine andere Person eine Sicht auf die Welt hat, die sich von deiner unterscheidet, lieber Daniel.«

»Bescheidenheit könnte da helfen«, ergänzte sie höflich. »Helfen?«

Daniel hielt ihr sein Glas hin und fuhr fort:

Sein selektiver Autismus sei ja kein Makel, vielmehr Stärke. Da er sich den Zugang zu den Wahrnehmungen und Überzeugungen anderer Menschen bewusst verstelle, könnten diese auch keinen Einfluss auf ihn ausüben.

»Morgen reden wir weiter«.

Sichtbar unterdrückte Daniel ein Gähnen.

»Ich fürchte, dass es dazu nicht kommen wird«, sagte seine Mutter. »Ich reise morgen nach Venedig. Es sei denn, du willst mitkommen.«

Den ersten Tag in der Lagunenstadt verschlief er, wie immer. Frau Stein klärte derweil mit der Agentur den erwarteten Service im Apartment.

Sie besuchte Freunde und verabredete ein Abendessen mit »interessanten Frauen« und einem »weiteren Mann«. Er müsse erscheinen, sagte sie zu Daniel.

Am besagten Abend lag der venezianische Himmel bleischwer über der Stadt. Gnadenlos strahlten sonnenheiße Steine, kein Lufthauch in den engen Gassen, nur ein übler Geruch, der dem Gondel befahrenen Rinnstein entstieg, wie Daniel verächtlich deklamierte.

Frau Stein zeigte nur verhalten Interesse daran, sie schwebte schon auf einer Wolke »Opium«, ihrem Lieblingsparfüm, das Daniel nun bildreich mit dem Kloakenduft der Lagunenstadt verglich.

Der Sohn machte aus seinem Herzen keine Mördergrube, wofür Frau Stein ihn letztlich liebte.

Den Campo erreichten sie zu Fuß. Die Touristenmassen waren schon wieder zurück auf ihren Kreuzfahrtschiffen, Campingplätzen und in den Hotels des Hinterlandes.

Müll türmte sich, kleine Köter verrichteten daneben ihr Geschäft, Schwalben durchsägten das Himmelsblei und muskulöse schwarzhäutige Männer legten auf roten Tüchern Handtaschen aus oder verkauften Drogen in unweit entfernten Gassen. Er beobachtete mit gedämpftem Interesse, seine soziologische Phantasie war sediert, sein Denken flach, atemlos und gar nicht korrekt.

Frau Stein begrüßte euphorisch drei Frauen und den »weiteren Mann«, einen charmanten, älteren, gepflegten Herrn, den sie offensichtlich sehr gut kannte und der ein hervorragendes Deutsch sprach, Rilke zitierte und Daniels Hand viel zu lange in der seinigen hielt.

Was für ein Abend, dachte der Sohn und wandte sich den drei Damen zu, Mutter und zwei Töchter, scharfzüngige amerikanische Jüdinnen mit exzellentem Italienisch.

Mit Rahel verstand er sich sofort, eine Seelenverwandte von gediegener Aggression, aquamarinblaue Augen, eine unglaubliche Fülle schwarzen Haares.

Gerne hätte er sein Gesicht darin vergraben und etwas geweint.

Es gab Prosecco, rohen Schinken und diverse Cicchetti, der gediegene ältere Herr unterhielt seine Mutter bestens, während die Mutter der schönen Schwestern an alle gerichtet und lautstark über die Krämerseele der Einheimischen lamentierte.

Selbst die Scheiße ihrer kleinen Köter würden sie zu Geld machen. Sie sprach jetzt ein raues Italienisch und verstand sich bestens auf dialektale Gemeinheiten.

Die Stadt werde verramscht.

Diebe und Idioten bestimmten die Politik, eine korrupte Bande sei für die Rettung der Lagunenstadt zuständig, gut, dass alles bald unterginge.

Ihre venezianischen Wohnungen werde sie umgehend veräußern, jetzt wären die Preise noch gut.

Und bald käme die Flut, sagte sie, und dieses Gomorra, sie erhöhte die Lautstärke, würde endlich verschwinden.

Viel zu viel habe Herr Hertz, ihr seliger Mann und Millionär, gespendet, um diese Kloake zu retten.

An den Nebentischen zischte es.

Frau Stein genoss sichtbar die aggressive Dynamik.

Ihrem liberalen Geist folgend wandte sich die Frankfurterin lächelnd an Frau Hertz und vertrat in sicher gewählten Worten die Auffassung, dass Klugheit und Lernfähigkeit nur ansatzweise auf dem Prinzip des Kompromisses beruhten.

Vielmehr sei die Bereitschaft, von herkömmlichen Normalitätsvorstellungen abzuweichen und sich alternative Handlungsoptionen, auch die einer Minderheit, offenzuhalten, das, was das Leben bereicherte und letztlich auch den Erfolg sicherte.

»Im wirtschaftlichen wie auch im persönlichen Bereich!« ergänzte sie beiläufig.

Die liberale Kultur besitze eine wegweisende

Kraft, die sie aus dem Kampf beziehe und nicht aus dem Sieg, bemerkte Frau Stein abschließend scheinbar zusammenhanglos und deswegen umso bedeutungsvoller.

Frau Hertz starrte sie kampfbereit an und setzte, noch richtungsoffen, zum argumentativen Gegenschlag an.

Daniel wollte neutralisieren und kündigte nun wortreich und auf Italienisch eine eigene Erzählungen an, nämlich wie er fast zu Tode gekommen wäre beim Bierholen, auf dem Weg zu einem Kölner Kiosk, der wegen eines Terroranschlags in die Luft flog, unweit der Synagoge, was viele Menschenleben kostete, allerdings nicht seines, was ihn immer noch erstaune und hin und wieder mit Schuldgefühlen belaste.

Auf Italienisch hörte sich das Ereignis um einiges dramatischer an als es Frau Stein bisher jemals gehört hatte.

»Daniel«, sagte seine Mutter ernst, »ist das wirklich wahr?« Nun waren alle Augen, auch die der Nebentische, auf ihn gerichtet. Gerne hätte man ihn näher befragt.

Er lächelte. Man wahrte Zurückhaltung.

Daniel beglückwünschte nun alle zu diesem wunderschönen venezianischen Abend, der von einem lauten und nicht untalentierten

Fußballspiel hübscher venezianischer Knaben auf dem Campo begleitet wurde.

Er ließ anstoßen. Rahel, die neben gediegener Aggression offensichtlich auch über taktische Empathie verfügte, zeigte sich geschmeidig.

»Daniel«, sagte sie, »das ist eine schöne Geschichte, und ich wüsste gerne, wie sie endet.« Das solle er aber »später« erzählen, fügte sie schnell und bevor er fortfahren konnte hinzu.

Und in einem melodischen Italienisch begann sie von einem Film zu erzählen, den sie auf dem Festival gesehen habe, der Titel sei ihr entfallen, an den Namen des Regisseurs könne sie sich auch nicht erinnern. Aber es sei ein Deutscher und der Film »romantisch«.

Rahel zog das gelbe Tuch über die nackten Schultern, bewegte elegant die schwarze Mähne, blähte die Nüstern der fein modellierten Nase, nahm einen tiefen Schluck:

»Ein Mann und eine Frau erleben eine zufällige, kurze und beglückenden Begegnung in einem italienischen Badeort. Bei der Trennung verabreden sie, sich in zehn Jahren wiederzusehen, am selben Tag im selben Hotel.

Dann treffen sie sich nach zehn Jahren, am selben Tag im selben Hotel.«

»Das ist ein französischer Film«, sagte Rahels jüngere, schöne, blonde Schwester Lea, die Daniel plötzlich auch sehr anziehend fand.

Rahel warf ihrer Schwester einen tödlichen Blick zu.

»In selben Hotel, am selben Tag, nach zehn Jahren«, wiederholte sie, und erzählte dann in ihrem wunderbaren Italienisch, wie diese schönen Menschen sich küssten, während auf ihren sorgfältig gebräunten, kultivierten Gesichtern keinerlei Überraschung zu erkennen war, nur ein kurzes Lächeln und viel Sicherheit, dass sie sehr glücklich sein könnten.

Ein Glanz lag nun auf Rahels Gesicht und sie fuhr fort: »Der Mann war bereits früher angekommen, er war in der kleinen Stadt herumgeschlendert, hatte sich überlegt, hier mit seiner Familie einen Urlaub zu verbringen.

Auf dem Rückweg zum Hotel blieb er vor einem Spielzeugwarenladen stehen wegen einer Puppe für seine kleine Tochter. «

»Eine wunderbare Exposition!«, sagte Frau Stein, »Da ist viel Tragik, aber auch viel Glück, hoffentlich machen die beiden was daraus.« »Ja«, sagte Rahel und beendet im Schnelldurchgang die Filmhandlung: »Ein wunderbarer Abend, eine ebensolche Nacht, tiefe Gespräche, eine frische Brise am Morgen, die geöffnete Tür zum Balkon, der Blick auf das Meer; keine Musik, nur das leise Raunen der Liebenden und das Rauschen des Meeres.

Der Vormittag vergeht. Ein letztes gemeinsames Essen. Beim Spaziergang durch den Badeort bleibt sie am Spielzeuggeschäft stehen und erzählt als kleines Mädchen habe sie sich eine Puppe mit blondem Haar gewünscht. Entschlossen betritt er den Laden, kauft die Puppe mit dem blassen, zarten Porzellangesicht und reicht ihr das Geschenk.

Am Strand umarmen sie sich – wie verabredet – ein letztes Mal. Auf dem Rückweg kauft er im Spielzeugladen die gleiche Puppe für seine Tochter.

Die Frau bleibt am Strand zurück und sieht zu, wie die Flut ihr Geschenk davonträgt. ` Ein kleiner Puppensarg´, ihre letzten Worte im Off.«

»Das kann nur ein deutscher Film sein«, sagte Frau Stein sichtbar ungehalten.

Daniel war unschlüssig, allerdings hob nun Carlo an:

Ein Recht der Jugend seien romantische Gefühle. Er habe den Zenit seines Lebens seit Jahrzehnten überschritten, so sei es nun an ihm, deutlich zu werden.

Frau Stein erstarrte. Die jüdische Mutter nahm Carlo zum ersten Mal an diesem Abend wahr.

Und Carlo erzählte nun auf Deutsch und in schön geformten Sätzen von den Schriften eines Historikers aus Heidelberg, der auf Grund der gegenwärtigen Völkerwanderung das Ende des Abendlandes »so wie wir es kennen«, die Zerstörung des Sozialstaates und den Beginn eines tribalistischen Europas wähnte, – »das im Süden Italiens eigentlich nie aufgehört hat zu bestehen«.

Carlos letzte gediegene Parenthese war auf Italienisch und entsprach seinen persönlichen Anschauungen.

Warum eigentlich? Die italienischen Zuhörer hatten leider nicht den vorangegangenen deutschen Ausführungen folgen können, überlegte Daniel.

So entfaltete Carlo nun in seinem an der Universität Tübingen vollendet geschulten Deutsch die Thesen des Heidelberger Historikers, der – »im heutigen Deutschland«- für kurzes Aufheben sorgte, aber, da er sich bald darauf das Leben nahm, leider nicht mehr am Kulturkampf teilnehmen könne.

Frau Hertz schrie, nun ebenfalls auf Deutsch, dass es sich um einen tragischen Irrtum handele, wenn die deutsche Regierung glaube, sich von der historischen Schuld reinwaschen zu können, indem sie sich mit islamischen Flüchtlingen einen neuen Antisemitismus und Terror ins eigene Haus lade.

An einem der hinteren Tische klatschte ein älteres Ehepaar Applaus. Daniel fühlte sich hin und her gerissen.

Er werde nun rauchen, kündigte er an. Schön wäre es, wenn er nicht alleine nach draußen gehen müsse.

Dabei dachte er an Lea.
Rahel folgte ihm.
Auch gut, dachte Daniel.

Rahel streckte ihm mit einer theatralischen Geste die Zigarette entgegen, sein Feuerzeug funktionierte.

Carlo sei eine faschistische Schwuchtel, sagte sie auf Venezianisch.

»So könnte man es sehen«, auch Daniel wechselte nun gekonnt ins Venezianische, indem er die Kehllaute überdehnte, die überflüssigen melodischen Endsilben verstümmelte, dazu eine spezifische Körpersprache kopierte und lokale Idiome überstrapazierte.

Das habe er nach einem Jahr Grundschule schon bestens verstanden, erinnerte Frau Stein immer wieder gerne, Daniels charakterlose Anpassungsfähigkeit würdigend. Und da sie nicht anwesend war, zitierte Daniel nachtragend dieses Urteil seiner Mutter.

Rahel sagte nun ihrerseits böse Dinge über

jüdische Mütter und schwule italienische Männer.

Dabei spielte sie geschickt den Fußball der venezianischen Knaben zurück, worauf Daniel sie in den Arm nahm und sein Gesicht kurz in ihr Haar wühlte.

Sie deutete es als Belohnung für ihren sportlichen Einsatz und dankte.

Nein, zu gern hätte er in ihrem Haar geweint und das sehr lange, sagte er auf Deutsch.

»Wie romantisch!«, höhnte sie, schlug ihm leicht auf die Wange und strebte zurück zu den anderen.

»Wäre das ein Ende Deiner Geschichte?«, fragte sie, sich raumgreifend und zugleich elegant den Weg zum Tisch bahnend.

»Welche Geschichte?«, sagte Daniel.

Kapitel 5

Welcher Film war das?

Eine langsamer Schwenk, hinein in die Zugbewegung, Umrisse von Gesichtern im Spiegel der Scheiben, schnell wechselnde Modelleisenbahnlandschaften mit Auen, Häusern, Kirchen, Burgen, Fabrikanlagen, Friedhöfen, Lagerhallen, mit Pappeln, Eichen und Weiden bewachsene Inseln im glitzernden Strom, Straßen, Eisenbahnschienen, steil aufragende Hügelketten. Und immer wieder neue Gesichter vor vorbeirauschender Landschaft.

Gleißendes Licht und Blendung und wieder sanftes Himmelblau mit Ausflugsdampfern, Lastkähnen, mit Zügen auf Abstellgleisen und im rasenden Gegenverkehr.

Und dann im Tunnel. Und wieder heraus.

Im Rhythmus rheinischer Romantik.

Sie reiste nun durch Deutschland, nachdem ihr Mann, an einem Kiosk in der Schlange stehend, zufällig in tausend Stücke, »in tausend Stücke« – das wiederholte sie gerne, gesprengt wurde.

»Wie Konfetti«, sagte sie, wenn sie weiter danach befragt wurde. Dieser Vergleich hatte etwas für sie Tröstliches und ließ die Fragenden in der Regel schnell verstummen.

Ihre Arbeit als kommunale Stadtplanerin hatte sie gekündigt, die Wohnung war inzwischen vermietet, die Witwenrente erlaubte ihr Übernachtungen in Pensionen, ein warmes Essen am Tag, das Deutschlandticket führte sie in Regionalbahnen quer durch die Republik.

Und diese wollte sie sich jetzt genau anschauen.

Eine Wirklichkeit, die ihr immer vertrauter wurde, wie die Gesichter der Fremden, die im Zug neben oder ihr gegenüber saßen und deren Wirklichkeit ebenso regelmäßig wie die ihrige durch digitale Mitteilungen der Deutschen Bahn aktualisiert wurde. Jedenfalls was Abfahrt, Ankunft und Verspätung betraf.

Nun erinnerte sie sich auch an den Titel des Films, an diese merkwürdige Zeit, als er entstand und gesehen wurde, an die Menschen, die sie damals begleiteten und heute so fremd waren wie der ihr gegenübersitzende dunkelhäutige Mann, der mit ausgestrecktem Zeigefinger auf den glitzernden Strom gedeutet und gefragt hatte: »Main?«

Offensichtlich wollte er nach Frankfurt.

Frau Wiesengrund zweifelte nicht, im richtigen Zug zu sitzen.

Sie reiste an keinen Ort.

Sie reiste in die Zeit.

Am Abend würde sie ankommen.

Irgendwo in der Republik, wo es immer eine bahnhofsnahe Unterkunft und Fußgängerzonen mit Speisen aus Aller-Herren-Länder gab.

Aller-Herren-Länder, auch dieses Wort, eigentlich eine sprachliche Wendung, wiederholte sie gerne. Es klang für sie genauso fremd wie ihr Nachname.

Frau Wiesengrund kam am frühen Abend in einer Kleinstadt an. Am Ende der ausgestorbenen Fußgängerzone fand sie einen noch geöffneten Dönerladen und aß dort etwas Warmes. Sie bezog ein Zimmer im Hotel am Marktplatz. Den Rest des Abends verbrachte sie in einem gegenüberliegenden spanischen Restaurant, das trotz der wenigen Gäste und der sichtbar erkrankten älteren Bedienung bis Mitternacht geöffnet hatte.

Mitten auf dem Marktplatz mit den kreisförmig umlaufenden Fachwerkfassaden stand ein Brunnen mit schmiedeeisernen Wasserläufen, die zugehörige, mit goldenem Heiligenschein zur Himmelfahrt gerüstete Barockmadonna schien seltsam kopflos im Mondlicht.

Bis auf die Straßenlaternen passte alles hübsch zusammen und wirkte historisch und altdeutsch. Frau Wiesengrund fühlte sich irgendwie am richtigen Ort.

Sie blieb noch den nächsten Tag, schlenderte am Morgen an Gruppen von vielsprachigen Schulkindern vorbei, lächelte ihnen zu, spazierte in die nahen, gepflegten Weinberge, stieg steil auf, sah sich die Burganlage an, – blickte von dort oben in die Ebenen – nach links, wo irgendwo Neckar und Rhein, nach rechts, wo irgendwo Rhein und Main zusammenkamen, und machte am Horizont ihr bisher unbekannte Bergketten aus.

Im Dunst der Ebenen wähnte sie künftige Industrieruinen der chemischen Industrie.

Sie erkannte das inzwischen stillgelegte Atomkraftwerk und die Hochhäuser der nahegelegenen Bankenstadt.

Ein Gewitter zog auf und hinter ihrem Rücken, über dem Odenwald verdunkelte sich der Himmel.

So geschichtsmächtig mag es hier schon vor hundert Jahren gewesen sein. Nun mit neuen Generationen aus Aller-Herren-Länder.

Eine schöne Wendung, dachte Frau Wiesengrund. Und ließ es gedanklich in der Schwebe, ob damit die Zukunft oder allein die sprachliche Qualität gemeint sein könnte.

Später schlenderte sie durch schmale Gassen an rührend gepflegten Fachwerkhäusern vorbei. Der für die Kleinstadt überdimensionierte »Dom« stand immer noch, unversehrt, dunkel und herrisch einladend, so wie sie ihn aus früheren Tagen kannte.

Kein Ort des Trostes, dachte Frau Wiesengrund, als sie die schwere Eichentür hinter sich schloss.

Am späten Nachmittag aß sie noch einmal im Dönerladen am Ende der Fußgängerzone, lächelte der jungen Frau mit dem Kopftuch aufmunternd zu und blickte wieder hinaus auf die leer geräumten Schaufenster der Geschäfte. In einem Spiegel sah sie ein vertrautes Gesicht, eine ältere grauhaarige Frau mit angenehmen Zügen und wachen hellblauen Augen.

Das war sie selbst. Sie nickte sich zu, so als ob sie das Spiegelbild hier zurücklassen würde.

Dann holte sie im Hotel am Marktplatz ihre Reisetasche. Sie ging an der bronzenen Statue eines kleinwüchsig erscheinenden Mannes mit bedeutenden Gedanken vorbei und hinunter zum Bahnhof und fuhr mit der Regionalbahn weiter Richtung Süden.

Am Morgen wäre sie am See.

Es würde ein sonniger Tag werden.

In anderer Landschaft.

Der Zug hielt, fuhr an, war in Bewegung.

Immer wieder.

Sie erinnerte die Bilder der letzten Tage:

Felsen, der glitzernde Strom, Bergketten, Burgen.

Schräg oder längst gefurchte steile Weinberge.

Brachliegende, über einander geschichtete Terrassen, mit Pappeln, Weiden und Eichen bewachsene Rheininseln, dunstige Ebenen mit überkommener und moderner Industriearchitektur.

Häuserzeilen, alte, neue, herrschaftlich, schäbig, im

Wartestand, im Aufbruch, im Abbruch.

Lagerhallen, Friedhöfe, Bahngleise, Straßennetze.

Bahnhöfe aus rotem Sandstein mit zugemauerten Fenstern oder umgestaltet zu Begegnungsorten.

Wandel, dachte Frau Wiesengrund.

Und sie erinnerte sich wieder an den Titel des Films:

Falsche Bewegung.

Sie schloss die Augen und ließ die Bilder vorüberziehen:

Fußgängerpassagen, Fachwerkfassaden, Läden mit Indian Food, Ein-Euro-Waren, Nagelstudios, Änderungsschneidereien, Dönerläden, Filialen global agierender Ketten, Kunsthandwerk, Apotheken, Backstuben, Leerstand.

Die lächelnde Frau mit dem Kopftuch. Fröhliche Kinder auf dem Schulweg. Der gebeugte Kellner, der den Rotwein brachte. Die unermüdlich zur Himmelfahrt ansetzende Madonna auf dem Marktplatz.

Ein fast schwarzer Himmel über dem Odenwald.

Vertraute fremde Gesichter in der Scheibe des sich nun in der Nacht irgendwohin bewegenden Zuges.

Die Furie des Verschwindens.

In bester Gesellschaft, dachte Frau Wiesengrund.

Kapitel 6

Am Donnerstag kam pünktlich Herr Faber – von einer Freundin empfohlen und Handwerker. Es ging um den verstopften Abfluss in der Küche.

Herr Faber war in voller Montur: schwarze Arbeitsschutzbekleidung mit neongelben Streifen an diversen Stellen, durchaus elegante Schuhe mit Stahlkappen, Schutzbrille, eine überdimensionale schwarze Tasche, eher ein Koffer, den er geräuschvoll aufschnappen ließ.

Herr Faber wirkte professionell, trug Seitenscheitel und roch gut.

Sie erklärte knapp das Problem.

Herr Faber sprang ein für den kürzlich beim Anschlag im nahegelegenen Park zu Tode gekommenen Herrn Tahtaci. »Ein hervorragender Handwerker«, wie sie gerne hinzufügte.

Auf Knien, sorgfältig und schweigend sichtete Herr Faber die Ausgangslage. Fachgerecht und effektiv erledigte er die notwendigen Reparaturen.

Er verfügte über alle erforderlichen Hilfsmittel und Ersatzteile, löste im Prozess entstehende

Herausforderungen kreativ und kostenbewusst, war sorgfältig bedacht, keinen Schmutz zu hinterlassen und Folgeschäden zu vermeiden.

Sie war begeistert.

Als Herr Faber fertig war und hätte gehen können, blieb er. Damit hatte sie nicht gerechnet.

Erst stand er, durchaus selbstsicher und zielorientiert.

»Da wäre noch was«, sagte er.

Sie bot ihm, was sich gleich als Fehler herausstellte, einen Stuhl an.

Und dann kam er schnell zur Sache:

Niedergang Deutschlands, Demokratur, Überfremdung, Idioten an der Macht, Terrorismus und kein Ende abzusehen. Widerstand.

Er sprach zusammenhängend, sachlich und treffend in der Wortwahl, stellte rhetorische Fragen, setzte Denkpausen für die Zuhörerin, brachte Beispiele, war bilderreich, zugewandt und fast bescheiden.

Und er wurde dabei von ihr, was ihn sichtbar ermunterte, nicht unterbrochen.

Nun, darauf hatte die Freundin sie nicht vorbereitet. Sie spürte erst Unbehangen, dann Ohnmacht und war alarmiert.

Zur Bewältigung dieser Gefühlslage wandte sie eine bisher bewährte Strategie an und überlegte:

Vielleicht ist er nur traumatisiert.

Vielleicht aufgrund der beunruhigenden Ereignisse der letzten Tage. Immerhin waren ja viele zu Tode gekommen. Vielleicht auch jemand in seinem Nahbereich.

Sie wollte mitfühlend sein.

Und Anteilnahme zeigen.

Während sie anfänglich noch zustimmend nickte, solange es um wirtschaftliche Fragen ging, widersprach sie erst zögerlich, dann wortreich, als er jetzt lautstark, fast heiter, demokratiefeindliche und radikale Ideen propagierte.

Zur Ablenkung bot sie Kaffee und Kekse an.

»Mit Milch und Zucker!«, sagte er knapp.

Sie überlegte: Will man einen guten Handwerker verlieren für eine korrekte politische Meinung?

Und ist es nicht grundrechtlich verbriefte Redefreiheit, wenn jemand so etwas in ihrer Küche sagt?

Und rechnet er eigentlich diese Stunde der politischen Unterweisung auch noch ab?

Und sollte sie nicht besser schweigen, so tun, als habe er sie auf seiner Seite, ihn in positiver Übereinstimmung wiegen, damit er endlich ginge.

Und damit er künftig wieder käme, wenn wieder Reparaturen anstünden, dachte die Dame mit der Amaryllis und Schriftstellerin.

Sie könnte jetzt aufstehen, die Arme verschränken und eindeutig signalisieren, dass jetzt Schluss sei.

Aber hatte Herr Faber nicht auch in gewisser Weise Recht?

Sie blieb sitzen. Nun nickte sie öfters, signalisierte Zustimmung, ja, man könne das auch so sehen, sagte sie.

Das wäre wohl zugespitzt, berge aber auch ein Quäntchen Wahrheit, räumte sie ein.

Zu viel Rücksicht auf den Rücksichtslosen, dachte sie.

Und der Satz eines kritischen Denkers fiel ihr ein, ganz im Sinne ohnmächtiger Entlastung. Die Schriftstellerin nickt Herrn Faber jetzt aufmunternd zu

Herr Faber wurde sichtbar ruhiger, trank den inzwischen kalten Kaffee, aß den Keks und sammelte die Krümel mit angefeuchtetem Zeigefinger und entsorgte diese in seinem Mund.

Sichtbar zufrieden lehnte er sich zurück.

Jetzt stelle er seine Arbeit in Rechnung, sagte er.

Die Gesprächszeit werde er selbstverständlich nicht berechnen. Das mache er nie.

Er diskutiere eben gern.

Sie zahlte bar und bedankte sich für die gute Arbeit.

Sie könne ihn gerne wieder anrufen, wenn es etwas zu reparieren gäbe.

Herr Faber blieb also kooperativ. Sie war erleichtert.

„Freiwillige Unterwerfung" notierte sie in ihrem Kalender, daneben die Kosten für den Einsatz des Klempners am heutigen Donnerstag.

Kapitel 7

Senta hatte geladen und alle waren gekommen.

Nun saßen sie da, an der von ihr üppig gedeckten Tafel, tranken Wein aus funkelnden Gläsern, aßen Gebratenes und Gesottenes, brachen das Brot, löffelten Götterspeise, wischten sich fettglänzende Münder, bogen sich vor Lachen.

Und sie saß mitten unter ihnen und tat es ihnen gleich. Senta, die Psychologin, die erlöst werden wollte.

Sie saß mitten unter all diesen Experten menschlicher Abgründe und Himmelfahrten, unter all diesen versierten, diplomierten, selbstberufenen Helfern in seelischen Notlagen, diesen Wegweisern aus allen möglichen Sackgassen, diesen gewieften und medial verstärkten Selbstdarstellern.

Während diese bunten Gestalten immer munterer, – ihre Freunde gar – wurden, fühlte sie sich zunehmend frei, da war kein Schatten mehr, keine Erschwernis.

Das war ihr Traum und sie erinnerte ihn mit anderen Worten, aber sinngemäß.

Sie war jetzt erlöst.

Das jedenfalls sagte sie der Freundin.

»Was für ein Schatten? Und welche Erlösung?«

Die Freundin vermied, etwas gequält, das Wort Einfalt:

»Nur eine Übertragung, meine Liebe! Was hier im Traum als Lösung deines Problems aufscheint ist tatsächlich dein neues...«

Und gnadenlos fuhr die Freundin fort:

Sentas Traum markiere eine ohnmächtige, willfährige Überantwortung an skrupellose Vermarkter psychologischer Dienstleistungen, egal ob im Netz oder in heimelig eingerichteten Praxen.

Die nächste Tirade überhörte Senta.

So, wie sie, Senta, willfährig die Betrügereien ihres Ehemanns übersehen habe, so unterwerfe sie sich nun einer Kaste, der es ausschließlich um Gewinnmaximierung gehe.

Eine neue Abhängigkeit löse die alte ab. »Von wegen Erlösung!« Die Freundin hüstelte beim Aufstehen und verwies auf einen dringenden Termin.

So wurde das drohende Zerwürfnis noch einmal verschoben.

Eine Stunde später klingelte das Telefon im Festnetz.

Der seit Monaten verschwundene Ehemann grüßte freundlich, fragte nach Sentas Befinden und erzählte, ohne die Antwort auf seine Frage abzuwarten, vom Anschlag im Park und wie er fast zu Tode gekommen wäre.

Wortreich das persönliche Bangen, Hoffen und Fürchten ausmalend. Auf Effekte bedacht und Anteilnahme heischend. Senta wusste von Freunden, dass er weder vor Ort, noch in der Stadt war, als der Anschlag sich vor einem halben Jahr ereignete.

»Interessant«, sagte sie.

Kein Lamento über sein Verschwinden, seinen Betrug, seine Täuschung.

Kein Zeichen der Überraschung ob seines plötzlichen Auftauchens.

Sie kannte diese Spiele.

Und auch die ritualisierten Abläufe.

Nichts persönlich nehmen!

Sie ahnte seine Enttäuschung ob ihrer Zurückhaltung und erwartete neue Versuche der Annäherung.

So kam es.

Dieser Schicksalsschlag habe ihn wachgerüttelt, er schlüge vor, alles, was an Belastendem zwischen ihnen beiden stünde, zu vergessen.

»Zu-ver-ges-sen!«

Er dehnte die Silben und wiederholte: »Neu zu beginnen, nur das Positive zu sehen!«

Das Leben sei, wie er nun wisse, nachdem er fast zu Tode gekommen wäre, viel zu kurz, um sich mit banalen Konflikten und kindischen Streitereien zu belasten.

»Wir könnten es uns so schön machen!«, schloss er.

»Interessant«, sagte sie, und berichtete nun ihrerseits. Die Expertise des gebäude-energetischen Zustandes ihres gemeinsamen und in die Jahre gekommenen Hauses sei nega-tiv ausgefallen, Entscheidungen stünden an, wie der drohende Wertverlust zu verhindern wäre.

Investitionen wären nötig.

Es müsse auch eine neue Heizung eingebaut werden.

Sie nannte die beauftragten Institute, Zahlen, Daten, Fakten und stellte in Aussicht, ihm die Unterlagen zuzusenden.

»Wohin?«, fragte sie. Und was sein Beitrag sein könnte, ergänzte sie, durchaus an der Ant-wort interessiert.

Aber seinen Rückzug erwartend.

Mit diesen banalen Dingen wolle er sich nicht abgeben. Er müsse sich um die Bewältigung seines Traumas kümmern. Außerdem habe er eigene Pläne.

Bestimmt würde sie gerne mehr darüber hören. Er könnte mal zu einem Kaffee vorbeikommen.

Sie schwieg.

Es habe ihn viel Überwindung gekostet, sie anzurufen. Sie solle es nicht verspielen.

Verspielen, das gefiel ihr.

Das war eindeutig eine Drohung.

Er habe ihr diesen seinen Schicksalsschlag nicht vorenthalten wollen.

Man kenne sich doch seit mehr als drei Jahrzehnten und das ginge nicht spurlos an einem vorbei.

Nun machte er eine Pause.

»Das stimmt«, sagte sie.

Und machte ihrerseits eine Pause.

Er glaubte einen Seufzer vernommen zu haben.

Wieder schöpfte er Hoffnung auf Heimkehr. Nur so eine Idee davon.

Jedenfalls fürs Nächste und nicht auf Dauer, das kommende Zerwürfnis bereits vorwegnehmend und seine nächste Fluchtbewegung vorbereitend.

Senta hatte gelernt, jegliche Diskussion mit dem Ehemann zu vermeiden, ihre Emotionen zu regeln, sich nicht zu entschuldigen, und vor allem, nichts, was von ihm kam, sei es liebevolle Zuwendung oder gar offen aggressive Abwertung, persönlich zu nehmen.

»Das stimmt«, wiederholte sie nachdrücklich.

Aber jetzt müsse sie die Handwerker reinlassen und deren Einsatz besprechen.

Sie würde ihm die Rechnung schicken.

Er legte auf, bevor sie sich verabschieden konnte.

Sie rief natürlich nicht zurück.

Sie hätte jetzt gerne mit einer Pistole auf etwas gezielt. Eine antrainierte Armbewegung, eigentlich lächerlich, aber bei Ausführung garantiert entlastend.

Sie ordnete nun Rechnungen, überwies fällige Beträge, trank Tee und verbrachte die nächsten Stunden mit den bekannten Akteuren ihres geträumten Abendmahls, schenkte ihnen ein letztes Mal ihre Aufmerksamkeit, fühlte sich wohl im bekannten Milieu der Kanäle, wähnte sich bestätigt, gestärkt im vertrauten Klang ihrer gewieften Unterlassungsgebote und Warnhinweise in wechselnden Sprachen.

Betrugsblindheit? Das hatte die Freundin

mehrfach gesagt und von Senta Selbstliebe ge-
fordert.

Wie weise, dachte Senta

»Betrugsblindheit, besser Blindheit vor dem
Betrug – im zeitlichen und auch im sächlichen
Sinne.«

Sie lächelte.

Kurz vor Mitternacht nahm Senta endgültig
Abschied von den bunten, vertrauten Gestalten
ihres geträumten Abendmahls.

Sie löschte ihren Suchverlauf im Browser.

Sie tilgte digitale Spuren, auch die eigenen.

Sie blockierte Rufnummern.

Sie löschte Chatverläufe.

Blindheit vor dem Betrug, nie mehr, auch nicht
vor dem Selbstbetrug.

Morgen Nachmittag würde sie die Freundin
treffen.

Und am Vormittag ginge sie zum Friseur.

Um die Mittagszeit rief die Freundin an.

Bevor man sich heute im Café träfe müsse sie
noch etwas loswerden. Ihre immer etwas aggres-
siv wirkende Bestimmtheit fehlte.

Sie holte hörbar tief Luft. Wie um sich Mut zu
machen, dachte Senta.

Senta kannte bereits den Rest.

Aus eigener Anschauung.

Sie beendete das Gespräch und blockierte auch
diese Nummer.

Kapitel 8

Während im Öffentlich Rechtlichen Rundfunk ob der insgesamt düsteren Weltprognosen gut besoldete Propagandisten des Positiven ihrer Tätigkeit nachgingen und edle Taten und ebensolche Absichten wortgewaltig feierten, bemerkte die diplomierte Biologin, Frau Magerl, endlich, nachdem sie das Radio ausgeschaltet hatte, die scharrenden, kläffenden, winselnden Befreiungsversuche des Deutschen Schäferhundes Mao in der Nachbarwohnung.

Die so alarmierte Biologin verständigte die Feuerwehr sowie Ordnungskräfte, die in gemeinsamer, koordinierter und erfolgreicher Aktion mit Tierfängern Mao aus der verwaisten Wohnung befreiten, ihm ein Neuroleptikum verpassten und Frau Magerl davon überzeugten, Mao auf Zeit und ohne Besitzansprüche aufzunehmen, denn schließlich seien die Tierheime der Stadt nach Corona überfüllt, letztlich sei ihr Mao ja auf Grund der sporadischen und durchaus angenehmen Begegnungen im Treppenhaus zugetan und sie alleinstehend, wie sie selbst während des Einsatzes berichtete.

Frau Magerl, willensschwach und gutmütig, willigte ein.

Mao verbrachte den Abend und die halbe Nacht schlafend auf ihrem tiefseeblauen Samtsofa, wohin ihn die Tierfänger fürsorglich und auf sein körperliches Wohl bedacht mit ihrer Zustimmung ablegten.

Frau Magerl betrachtete wohlwollend Maos ergrauten Kopf und den mächtigen haarigen Körper, der sich im Schlaf rhythmisch hob und senkte und von dem ein feuchtwolliger Geruch ausging.

Dann schlief sie neben ihm ein.

Als der Deutsche Schäferhund nachts um drei erwachte, verlangte er, zunehmend nachdrücklicher werdend, hinausgeführt zu werden. Die Leine hatten die umsichtigen Ordnungskräfte ihr vertrauensvoll ausgehändigt. Mao legte sie entschieden vor Frau Magerls Füße und bellte.

Frau Magerl hatte durchaus Verständnis für die physiologischen Bedürfnisse des Hundes, wusste aber zugleich, dass Nachgabe in Folge Hingabe abverlange.

Da seien sich Männer und Deutsche Schäferhunde vielleicht ähnlich, fürchtete die offensichtlich erfahrene diplomierte Biologin.

So kam es. Sie hätte die Uhr nach Maos Bedürfnissen stellen können. Jedenfalls nach seinen nächtlichen.

Gegen drei Uhr strebte er – Nacht für Nacht – hinaus zum menschenleeren Park, erledigte seine Geschäfte auf der nach dem Attentat nun wieder freigegebenen Hundewiese und saß dann eine weitere Stunde still neben der Parkbank, auf der – das wähnte nun die Biologin – sein Herr, Dr. Seib, ein alleinstehender und pensionierter Oberstudienrat und Latein- und Geschichtslehrer, zu Tode gekommen war.

Allerdings ohne seinen Hund, das verwunderte Frau Magerl, hatte sie beide doch immer als Einheit empfunden, jedenfalls bei den Begegnungen im Treppenhaus.

Sie wusste nicht, dass Herr Dr. Seib kurz vor seinem Tode nicht nur Mao, sondern auch vieles mehr vergaß.

Da keine weitere Kommunikation zwischen Mao und Frau Magerl stattfand, suchte die diplomierte Biologin in ihren akademischen Wissensbeständen nach Aufklärung und mutmaßte schließlich, dass Mao hier Seinspartikel seines Herren nicht nur wähnte, sondern im Park tatsächlich vorgefunden hatte, was ihn zu diesen andachtsvollen Stunden nächtlicher Trauer veranlasste.

»Ja, auch Tiere trauern.«, sagte Frau Magerl.

Die nächtlichen Ausgänge mit Mao zehrten in den nächsten Monaten zunehmend an ihren Kräften.

Frau Magerl konnte schließlich ihrer Arbeit im Labor eines großen Chemiewerks nicht mehr in gewohnt akribischer Weise nachgehen, was zu wiederholten Beanstandungen und Abmahnungen führte.

Dem eingeschalteten Betriebsarzt und der hinzugezogenen Psychologin erzählte Frau Magerl gerne ausführlich von Maos Trauerritualen, von ihrem tiefen Verständnis für seine Bedürfnisse und ihrer persönlichen Schwäche gegenüber den Wünschen anderer, wobei sie nicht zwischen denen von Mensch und Tier unterscheide. Das wiederholte sie mehrfach nachdrücklich und um Kenntnisnahme heischend.

Frau Magerl erlangte nach einem Jahr ihre Frühverrentung.

Ganz nebenbei trug sie auch zur forensischen Identifizierung des beim Terroranschlag zu Tode gekommenen Oberstudienrats bei und wurde in einem bunt bebilderten Bericht im Lokalteil des Anzeigers als vorbildliche und Hunde liebende Bürgerin gefeiert.

Grauköpfig und treu blickend lehnte Mao an ihrer rot bemantelten Schulter, eine Perspektive, die nur deswegen zustande kam, weil der Fotograf sie nötigte, sich hinzuknien, was Frau Magerl erst widerspruchslos befolgte, später aber zutiefst bereute.

Mao wurde kurz darauf eines frühen Morgens tot im Park und neben der besagten Bank aufgefunden.

Frau Magerl sei nach dem Ableben des Hundes tagelang im Viertel herumgeirrt. Das erzählten an Maos und nun auch an ihrer Trauer Anteil nehmende Menschen und vergaßen dann beide, zumal diese sich nicht mehr zeigten.

Die diplomierte Biologin hatte sich des lästigen, haarigen, übelriechenden und ihr aufgedrängten Gastes durch geeignete Medikation entledigt.
Kurz darauf gab sie ihre Wohnung auf.
Sie zog nach Portugal und ans Meer wo sie von ihrer Rente auskömmlich lebte und sich fremde Wünsche weise vom Leib hielt.
Jedenfalls bis auf weiteres.

Kapitel 9

»Er wollte Macht. Aber andere bemächtigten sich seiner.«

»Das wäre eine ehrliche Grabinschrift gewesen«, sagte der als Texter für ein mittelständisches Unternehmen der Bauindustrie tätige Germanist anlässlich des ersten Todestages im Kreise der Gedenkenden und sonnte sich im Wohlwollen der akademischen Freunde.

Er habe es verstanden, Menschen für sich einzunehmen. Im trügerischen Glück der Nachahmung eines gelungenen Lebens habe der Verstorbene sich selbst und andere beschädigt.

Sag, wie lang wir gestorben sind.

Der Germanist ließ diesen Vers mit Bedauern aus, hatte er ihn doch erst am Vorabend und mit großer Genugtuung in einer von ihm als Student angelegten Zitatensammlung wiederentdeckt.

Es wäre zu viel gewesen. Vielleicht auch für ihn.

»Sag, was ist, besser, was war.

Kein Schmeicheln, nichts Falsches!«

Das hatte die kluge Witwe ihm aufgetragen und

für seinen Redebeitrag eine beachtliche Summe beim befreundeten Wirt des Brauhauses hinterlegt.

Der belesene Germanist schloss nun mit fremden Worten, ohne den Autor, dessen philosophischer Schule er einst zugeneigt war, zu nennen:

Genau genommen ging es dabei um das Dilemma des Intellektuellen. Dieses Zitat bezog er auf sich und es erschien ihm keineswegs anmaßend.

Es sollte die vorgetragene Kritik am toten Freund abmildern und den Redner entlasten.

Die Freunde beschwichtigten: respektvoll, einfühlsam und im Stil angemessen habe er gesprochen. Klug und aus dem Herzen. Die meisten von ihnen kannten das Zitat und wähnten sich selbst betroffen.

Eine rhetorisch gelungene Rede, schmeichelte der kürzlich durch Erbschaft zu Reichtum gekommene Philosoph, der ursprünglich auf Bitten der Witwe und gegen Honorar hätten reden sollen, aber stattdessen den Germanisten empfahl, der wegen seiner laufenden Scheidung und drohender Unterhaltszahlungen das Honorar bestimmt gebrauchen könnte.

»Ein manipulativer Charakter, charmant, gerissen und gewissenlos!«, murmelte unversöhnlich der Zahnarzt und erinnerte an noch offene Rechnungen des Toten.

»Was für ein unschöner Tod!«, bedauerte der von allen Anwesenden geschätzte Friseur.

»Was für eine nachtragende Bande von Kleingeistern, Krämerseelen und Karrieristen!«, sagte der Friseur eher zu sich, aber laut.

Als Inhaber eines Friseurladens in dritter Generation trüge dieser wohl Verständnis für die menschlichen Niederungen in seinen Genen, sinnierte der Philosoph.

»Verständnis?«, höhnte der Friseur, »Verachtung!«

»Keine moralische Hybris!«, mahnte Dr. Leu, erfolgreicher Jurist und Notar, auf Ausgleich bedacht.

»Du musst wissen, was du willst und was du dir wert bist. Das ist die Voraussetzung, um andere für dich zu gewinnen. Damit sie das tun, was für dich gut ist.

Das war sein Lebensmotto!«, sagte der schauspielerisch begabte Anlagenberater, den sprachlichen Duktus und die markante Gestik des Verstorbenen treffend nachahmend.

Und fügte nach einer wirkungsvollen Pause und nun ganz er selbst hinzu:

»Gar nicht so falsch, aber er meinte damit in erster Linie Frauen. Nicht die Geschäfte. In Geldfragen war er beratungsresistent.«

In der Männerrunde wurde jetzt heftig genickt.

»Eigentlich war er ein Blender, ein Schnorrer, ein Bankrotteur!«

Trotz der bohrenden Nachfrage des Friseurs blieb offen, wer diesen, wie einige der Freunde versicherten, der Wahrheit recht nahen Nachtrag einbrachte.

»Was für ein unschöner Tod!«, wiederholte der Friseur.

»Eine tragische Figur«, bemerkte der opern-begeisterte und auch mit Alltagsdramen bestens vertraute italienische Wirt, das Tablett mit den Schnäpsen zum Tisch balancierend. Dann stieß die Männerrunde auf den seit einem Jahr hoffentlich in Frieden ruhenden Freund erneut an und wandte sich bei Kölsch, Kartoffelsalat und Würstchen der desolaten politischen und wirtschaftlichen Lage der Republik zu.

Die Runde der gereiften Damen gedachte des Toten zur selben Zeit anderswo und gleichfalls, wie es die Witwe verfügte, was der vergebens Zuwendung erwartende Germanist Wochen spä-ter und nach Rücksprache mit Teilnehmerinnen ihr gegenüber bitter kritisierte als eine selbst-süchtige Inszenierung ganz im Sinne der me-phistophelischen Bosheit: *Ihr Mann ist tot und lässt Sie grüßen.*

Aber zweifelsohne stand es ihr, der Witwe,

zu, die Gedenkfeier in dem bereits für die kommende Karnevalsitzung mit Luftschlangen bunt und konfettigesättigt geschmückten Café am Ring ganz nach ihrem Geschmack auszurichten:

Cocktails, Sahneschnitten und Prosecco, sowie für später etwas Herzhaftes, und nur sie als Rednerin.

Die Geschlechtertrennung bei der Gedächtnisfeier wurde bereits im Vorfeld vereinzelt als dramaturgisch geschickte und von ihrem Therapeuten empfohlene Maßnahme gedeutet.

Die Witwe, eine erfolgreiche und humanistisch gesonnene Geschäftsfrau, war gediegen in Beige gekleidet.

Sie trug ihren brilliantenbesetzten Familienschmuck und zum schulterlangen aschblonden Haar fachkundig entfaltete und gepolsterte Gesichtszüge.

Den Hals schmückte ein eleganter Seidenschal und auf ihren rot geschminkten Lippen lag ein zufriedenes Lächeln.

Insgesamt eine dezente und durchaus verführerische Erscheinung, wie die Dame mit der Amaryllis der Freundin gerne versicherte.

Nun erhob sich die Witwe, kreuzte elegant und locker die Arme, der Ring am kleinen Finger funkelte. Sie verbeugte sich vor der Damenrunde und begann:

»Ohne Verstellung und Heuchelei soll seiner heute gedacht werden.« Darum bitte sie. Und wie letzte Nacht ein mächtiger Sturm den lästigen Schnee hinweggetragen und dem Frühling den Weg gebahnt habe, so werde diese Feier, nach einem Jahr der Trauer, emotional wohl aufrühren, aber Aufbruch und Neuanfang bringen.

Den Witterungsumschwung als Metapher zu wählen, dazu hatte der Germanist am Morgen geraten. Diese erschließe wirkungsvoll ein gemeinsames Erfahrungsfeld, eine emotionale Berieselungsfläche sozusagen.

Kaum ausgesprochen, fand sie diesen Vergleich unpassend, gar ihrer unwürdig, und beschloss, dieses Beratungssegment des Germanisten nicht zu honorieren.

Sie wisse wohl, sagte sie nun – würdevoll vom vorgefassten Text abweichend – , dass ihr Gatte die Frauen allgemein und auch einige in dieser Runde besonders liebte, dass er Erfolg und Macht suchte und schließlich auf ganzer Linie scheiterte.

»Auf ganzer Linie«, das wiederholte sie sachlich und ganz so, als ob es etwas Positives wäre.

Gut so, nicht schade drum, dachten einige der gebildeten, wohl bemittelten und frauenfreundlichen Gedanken nahestehenden Damen. Und diejenigen, die gerne widersprochen hätten, zogen es vor, seufzend ihr Glas zu leeren.

»Scham, Selbstzweifel, Flucht waren die Folgen seiner Niederlagen, die er sich nicht eingestehen wollte«, so fuhr die Witwe fort. »Ein beschädigtes Leben...«, ergänzte die zur Rechten der Witwe sitzende philosophisch geschulte Medienschaffende.

Es stand ihr zu. Sie war die letzte Geliebte und hatte ihn kaltblütig und in Absprache mit der Witwe verlassen, als er sich auf Grund von Fehlinvestitionen in einer finanziellen Notlage befand und Geldzuwendungen von beiden Frauen forderte.

Die Witwe lächelte der letzten Geliebten aufmunternd zu und fuhr dann fort:

»Je älter er wurde, desto häufiger kam es vor, dass er eine tiefe Leere empfand, gegen die er nicht mehr ankam, auch wenn er sich mit allem Möglichen betäubte.«

»Wie bedauerlich«, murmelte eine brünette Lehrerin, bei der er in dieser Phase seines Lebens für einige Monate untergekommen, dann aber schnell ihrer pädagogischen Zuwendung entflohen war.

»Sein Charme verblasste. Er verlor Fasson und immer häufiger die Fassung. Seine Täuschungsmanöver wurden früh enttarnt. Seine Abwertungen, Beleidigungen, Drohungen nahm niemand mehr ernst. Er war machtlos!«, sagte die Witwe.

»Und mittellos!«, ergänzte die letzte Geliebte sachlich.

»Seine Fangnetze blieben nun leer, nur die Schwächsten übergaben sich ihm kraftlos«, so fuhr die Witwe fort.

Die rotblonde magere Dame zur Linken der Witwe brach lautlos zusammen. Sie wurde aufgerichtet, Freundinnen reichten ihr Wasser und Taschentücher.

Die Witwe blieb freundlich. Und kam schließlich zu einem wohlmeinenden Ende, nicht ohne eine letzte heitere Anekdote seiner Eskapaden zum Besten gegeben zu haben. Die Betroffene, eine diplomierte Biologin, war nicht zugegen.

»So hätte es immer weitergehen können«, sagte die Witwe und alle nickten.

»Aber dann wurde er gewaltsam aus unserer Mitte gerissen!«, schloss sie.

Ein Geraune hob an.

»Auf den Aufbruch!«

»Auf den Aufbruch! »

Und allseits klirrten die Gläser.

Kapitel 10

»Kinder?«, fragte die syrische Reinigungskraft, die entgegen dem Willen ihrer Familie eigenes Geld verdiente und im Hause Leu für Ordnung sorgte.

Amira, bisher in Großfamilien beheimatet, hatte ihr neues Leben in der deutschen Großstadt am Strom trotz terroristischer Anschläge im Nahbereich uneingeschränkt begrüßt und war schließlich – der ewigen Auseinandersetzungen und Herabwürdigungen in ihrer Familie leid – der Last des Mannes, seiner Mutter und der drei erwachsenen Söhne entflohen und in einem zentral gelegenen Frauenhaus, einem Schutz-raum, wie sie gerne sagte, untergekommen.

Frau Leu, eine sichtbar wehleidige und gut situierte Frau, wurde von Amira in der großen Buchhandlung am Neumarkt in der Abteilung Frauenliteratur angesprochen. Auf ihre miss-liche Lage sachlich und durchaus sprachkundig hinweisend und häusliche Dienstleistungen wie Kochen, Einkaufen, Putzen anbietend, habe sich Amira ihr vorgestellt.

Frau Leu nahm das Angebot unvoreingenommen und weitsichtig an und überließ Amira im Folgenden uneingeschränkt die häusliche Sorge.

Ein Glücksfall für beide, wie sich die Frauen gelegentlich gerne versicherten.

Amira entstaubte die silbergefassten Familienfotos der Leus mit einem weißen, übelriechenden Bausch, der, an einem gelben Plastikstiel befestigt, von ihr unentwegt hin- und her bewegt wurde.

Erst jetzt und nach Monaten zurückhaltender Annäherung vertraut mit den kühlen Gepflogenheiten im Hause Leu, fragte Amira, auf die Fotos deutend:

»Kinder?«

Frau Leu nickte und lächelte schwach vom Sofa herüber.

Amira sah sich die Fotos nun näher an, ermutigt durch Frau Leus Lächeln.

Herr Leu, angesehener Jurist und wohlhabend, hatte Amira geholfen, ihren Status zu legalisieren. Er sorgte dafür, dass ihr Arbeitsverhältnis mit dem Hause Leu nach einem aus seiner Sicht angemessenen Zeitraum der Probe rechtssicher wurde.

Das erlaubte Amira ein auskömmliches und unabhängiges Leben, wurde doch ihre bisher in der syrischen Großfamilie unentgeltliche und aufreibende Sorge für Ordnung, Annehmlichkeiten und Wohlergehen der anderen jetzt ersetzt durch geregelte Arbeitszeiten, Urlaub und Stundenlohn, über den sie selbst verfügte.

Dieser Milieuwechsel wurde von Amira mit hingebungsvoller Dankbarkeit und unbegrenzter Lern- und Anpassungsbereitschaft belohnt.

Frau Leu, ebenfalls Volljuristin wie Herr Leu und Hausfrau seit mehr als drei Jahrzehnten, hatte nach ihrem sechzigsten Geburtstag weitere häusliche Dienstleistungen radikal verweigert und eine angemessene Erhöhung der monatlichen Überweisungen ihres Mannes auf ihr eigenes Konto durchgesetzt, ein Rachakt wegen seiner erfolgreichen und einträglichen Karriere, wie Herr Leu gerne vor Freunden ihr gegenüber reklamierte.

Tochter und Sohn des Ehepaares Leu sahen auf den Fotos gediegen und wohlgeraten aus, in jeder Phase ihres abgebildeten Lebens, das bis in ihre Dreißiger reichte.

»Schön«, sagte Amira, »Und wo sind die Kinder jetzt?«

Frau Leu seufzte:

Die Tochter habe Jura auf Wunsch des Vaters und als sein Lieblingskind willfährig, lang-

jährig und wenig erfolgreich studiert, habe beide
Staatsexamina wiederholt und nur mit mäßigen
Noten abgeschnitten, trotz der väterlichen Hilfe
und unzähliger Repetitorien.

Frau Leu legte die Tragödie in einfacher Sprache
und vielfältigen Wiederholungen dar.

Amira, offensichtlich die Enttäuschung der
Mutter überhörend, sagte hoffnungsvoll, in
ihrem nächsten Leben würde sie auch Volljuristin werden.

Frau Leu sah ihr nun offen und freundlich
ins Gesicht und bestärkte, gewiss würde Amira,
klug und lernfähig, wie sie doch sei, eine hervor-
ragende Richterin werden. Und in einem Anfall
von Vertraulichkeit erzählte Frau Leu von dem
Infarkt, den Herr Leu erlitt, als er erfuhr, dass
sein Lieblingskind, das doch in seine Kanzlei
hätte einsteigen sollen, eine Ausbildung als Jogalehrerin in Indien begonnen und mit dem Eltern
Leu jeglichen Kontakt abgebrochen habe.

Amira verstand die Enttäuschung der Eltern
Leu immer noch nicht; die Tochter habe doch
ihren Weg gefunden, auch wenn er sie nach Indien führte; bestimmt würde sie zu Weihnachten
die Eltern besuchen.

»Und der Sohn?«, Amira wollte das für Frau Leu
wohl schmerzhafte Thema der verschwundenen

Tochter wechseln und ihre Freundin, als solche betrachtete sie Frau Leu inzwischen, aufmuntern.

Frau Leus Gesicht verdüsterte sich.

»Der Sohn?«

Und immer noch im Zustand verwirrter Wahrhaftigkeit erhob Frau Leu nun zornig die Stimme und ihren schweren Körper:

»Ein Klimaaktivist, der sich auf Autobahnen klebt und Kunstwerke mit Soße übergießt, ein Terrorist, der eingesperrt gehört, ein Verblendeter, der sein Leben verspielt!«

Sie sagte bewusst »Soße«, um den Erfahrungsbereich ihrer Haushaltshilfe angemessen einzubeziehen. Und in einfacher Sprache erklärte sie Amira auch dieses Familiendrama.

Amira war sichtlich überrascht wegen der mütterlichen »Hassrede«, ein Wort, das sie kürzlich im Deutschkurs gelernt hatte und das sie durchaus auch in diesem Zusammenhang passend fand.

Die bewusst angenommene einfache Sprache Frau Leus aufgebend, erklärte Amira nun ernst:

»Wenn es sein Ziel ist, die Welt zu retten, dann ist der Sohn doch auf dem rechten Weg«.

Frau Leu schüttelte erbost den Kopf und gab jetzt auch die einfache Sprache auf:

»Welche Karriere hätte ihm, dem Wirtschaftswissenschaftler mit besten Abschlüssen und weltweit absolvierten Praktika, offengestanden! Hatte er doch, von Herrn Leu in die Wege geleitet, bereits eine Einstellung bei einem global agierenden Beratungsunternehmen in Aussicht!«

Ein Verblendeter sei er und aus der Zeit gefallen, wiederholte sie mehrmals und stark erregt.

Seit zwei Jahren habe der Sohn sich nicht mehr bei seinen Eltern gemeldet, habe nach einer gewaltsam endenden Auseinandersetzung mit Herrn Leu alle Brücken zu seinen Eltern abgebrochen.

Ihr Enkelkind, und nun brach Frau Leu in Tränen aus, habe sie ob des Zerwürfnisses nicht kennenlernen dürfen. Und die dazugehörige mexikanische Mutter in Berlin Mitte auch nicht, aber das sei vielleicht besser so, seufzte Frau Leu nun völlig erschöpft.

Ja, man könne sich seine Familie nicht aussuchen, tröstete Amira. Und dachte an ihre Söhne und deren aus der Zeit gefallenen Zielen.

»Keine Familie zu haben ist besser als eine falsche«, ergänzte sie.

Und legte den Arm um Frau Leus Schulter, was diese sichtbar beruhigte. Dann setzte Amira das Staubwischen im Hause Leu fort und dachte über die Wendung »aus der Zeit gefallen« nach.

Kapitel 11

Ihre Unterhaltung gestaltete sich aufgrund der verzögerten digitalen Übersetzung mit dem Handy recht kompliziert, schien aber möglich.

Die auffällig bunt geschminkte und mit einem engen, himmelblauen Strickkleid bekleidete üppige Angolanerin sprach nur wenige Worte Deutsch.

Offensichtlich war ihre Muttersprache Portugiesisch, eine Sprache, die der grauhaarige, aber jugendlich wirkende Deutsche am Tisch nicht beherrschte.

Dafür sprach er etwas Spanisch und Italienisch, einige Redewendungen zumindest, die sie wiederum in ihre Sprache übertrug und lautstark wiederholte, soweit sie diese überhaupt verstand hatte oder verstehen wollte.

Freundlich korrigierte das Paar wechselseitig Wörter und Aussprache, ohne in der Verständigung sehr viel weiter zu kommen.

Schließlich ging man zu einer App-basierten Kommunikation über; sie erfolgte lautstark und ebenso wenig frei von Missverständnissen, welche man auf der Suche nach Einvernehmen, anfänglich mit Heiterkeit auszuräumen suchte.

»Was darf es denn sein?«, fragte freundlich der dezent geschminkte Kellner.

Sie bestellten ein Mittagstischgericht, Wein und Wasser. Die dunkelhäutige Tochter der Afrikanerin, mit altersbedingter Zahnlücke und hübsch bezopft mit rosa Schleifen, bestellte nach kurzer Absprache mit der Mutter etwas Süßes und Cola.

Erstaunlich kundig und mit der lokalen Gastronomie vertraut wirkten Mutter und Tochter bei diesem Vorgang.

Das Kind lachte fröhlich und zählte begeistert auf Deutsch von eins bis zehn und konzentrierte sich im Folgenden auf die zappelnden Figuren auf dem Bildschirm ihres stumm geschalteten ipad mini.

Insgesamt gingen die drei Menschen miteinander freundlich und umsichtig um.

Die an benachbarten Tischen sitzenden älteren Ehepaare und Einzelpersonen, meist Zeitung lesende Damen, nahmen die ungewöhnliche Kommunikation und Konstellation der Gruppe durchaus wahr und vermieden auffällige Reaktionen.

Das Café in der Mittelstraße war noch einer der seltenen Orte gediegener Zurückhaltung und hervorragender Sahneschnitten.

Das Mädchen wusste noch nicht, dass sein Vater, geduldeter nigerianischer Asylsuchender und erfolgreicher Drogendealer, beim Anschlag im Park ums Leben gekommen war.

Die Angolanerin wurde auf seinen Tod aufmerksam, als die Geldzuwendungen des Vaters für seine Tochter über einen längeren Zeitraum ausblieben und die Gerüchte in ihrem Bekanntenkreis sich verdichteten.

Zudem hatte es Ermittlungen wegen eines Drogendeliktes gegeben. In diesem Zusammenhang wurde sie als eine seiner Kontaktpersonen vernommen.

Da sie nicht mit ihm verheiratet war, standen ihr bezüglich seines Ablebens keine weiteren behördlichen Mitteilungen zu.

Der Nigerianer hatte nie Rechte gegenüber dem Kind eingefordert oder gar eine Legalisierung des Vater-Tochter-Verhältnisses gewollt. Sein Status sowie der des Kindes blieben ungeklärt.

Die Angolanerin hatte sich mit dem älteren Herrn auf Empfehlung eines Flüchtlingshelfers verabredet. Im gemeinsamen Gespräch sollte es darum gehen, die Bleibeperspektiven für Mutter und Tochter auszuloten und notwendige Maßnahmen zu verabreden.

Bleibeperspektiven, der ältere Herr übersetzte das neudeutsche Wort ins Portugiesische – perspectivas de ficar.

Die Mutter bat darum, dass der Todesfall im Beisein der Tochter nur als evento bezeichnet werden sollte. Gespräche ohne Tochter seien ihr nicht möglich, da sie keine Betreuung hätte. Diese Schutzbehauptung setzte sie regelmäßig ein, wenn eine Situation unklar war.

Der ältere Herr war pensionierter Lehrer und Experte im Ausländerrecht. Er nannte sich Holger und wollte auch so angesprochen werden.

Das Mädchen hieß Amal und seine Mutter Maria.

Man müsse mit einem Gen-Test nachweisen, dass der verstorbene Nigerianer Amals Vater war, sagte Holger.

Dann würde man weitersehen.

Es dauerte fast eine weitere Stunde und ein weiteres Glas Weißwein, bis er diesen Sachverhalt und die möglichen Perspektiven, die sich daraus für Mutter und Tochter ergeben könnten, sowie die damit verbundenen notwendigen Maßnahmen erklärt hatte.

Holger tat sein Bestes, spürte aber, wie Marias Widerstand wuchs. »Nur so ein Gefühl«, sagte er später, das er sich nicht erklären konnte.

Amal und Maria löffelten Eis.

Die Angolanerin wirkte zunehmend teilnahmslos.

Auch die Tochter zeigte Langeweile.

Da der Lehrer inzwischen immer besser mit dem digitalen Übersetzungsverfahren umgehen konnte, wollte er jetzt Vertrauen aufbauen, etwas von sich erzählen und Maria und ihre Tochter besser kennenlernen.

Maria blieb freundlich, wich Fragen zu ihrer Vergangenheit und Zukunft aus und zeigte im Weiteren immer weniger Interesse und Kooperationsbereitschaft bei der Übersetzung.

Die Tochter fragte auf Portugiesisch, wann man denn genug geredet hätte.

Jedenfalls deutete Holger die Äußerungen des Kindes, soweit er sie verstand, in diesem Sinne.

Er schlug vor, sich in einer Woche zur selben Uhrzeit am selben Ort zu treffen.

»Das wäre doch bestimmt möglich?«, fragte er höflich.

Amal sah ihre Mutter fragend an.

Er werde mit dem Jugendamt Kontakt aufnehmen. Die Rechtslage prüfen lassen. Auch ginge es um eine Opferentschädigung, darauf hätte die Tochter unter Umständen Anspruch.

Die Übersetzung dieser Inhalte fiel ihm schwer, ihre Nervosität irritierte ihn zunehmend.

Dann beglich er die Rechnung und gab reichlich Trinkgeld.

Der zuvorkommend lächelnde Keller fragt, ob alles zu ihrer Zufriedenheit gewesen wäre. Holger nickte.

Maria bedankte sich beim Abschied wortreich auf Portugiesisch, die Tochter sagte von sich aus »danke«, dann trennte sich die Gruppe schnell vor dem Eingang des Cafés, wo Gäste in der Februarsonne unter Heizstrahlern und mit Flauschdecken auf den Knien Platz genommen hatten und den Auseinanderstrebenden nachsahen.

Eine Woche danach und beim verabredeten Treffen blieb Holger Hansmann alleine.

Er hatte damit gerechnet.

Nach einer Stunde Wartezeit telefonierte er mit seiner Kontaktperson im Ausländeramt und erfuhr Maria sei untergetaucht. Die zurückgelassene Amal werde in Obhut genommen.

Kapitel 12

Die Bachkantate hallte durch das Treppenhaus des Hinterhofhauses, die Tür zu ihrer Wohnung stand offen. Frau Waldschmidt hielt Andacht, auf ihre Weise.

Die Geister vertreiben, so gelänge es ihr am besten. Das erklärte sie gerne den Nachbarn bei zufälligen Begegnungen im gepflegt begrünten Hinterhof.

Die Gegenwart sei nervös, volatil, der Zeitgeist bipolar, ungewiss und mehrdeutig, so pflegte Frau Waldschmidt auszuführen.

Dagegen müsse sie anarbeiten und ein Gefühl von Sicherheit, von Klarheit schaffen.

Für sich und andere.

Und welche Musik eigne sich besser als die von Bach, pflegte sie abzuschließend zu konstatieren.

Frau Waldschmidt öffnete alle Fenster, auch bei schlechtem Wetter, damit sich die Musik ungehindert im Hinterhof ausbreiten konnte.

Anfangs hatte niemand etwas dagegen. In der

Regel geschah es einmal in der Woche und dauerte circa acht Minuten. Hier lebte man nach dem Grundsatz, dass jeder irgendwie närrisch und das auf seine Weise wäre.

Als die Hausgemeinschaft allerdings übereinkam, dass Frau Waldschmidt dieses Lebensprinzip ihrer Stadt und die damit verbundene Selbstkonzeption ihrer Bürger überstrapaziere, weil sie ihre Andachten nun täglich und zudem stundenlang abhielt, wurde Herr Stiller, Elektriker von Beruf und Nachbar ihres Vertrauens, zu ihr geschickt mit einem Blumenstrauß und der Bitte, sie möge sich mäßigen und zum alten Zustand der Balance der Hausgemeinschaft zurückkehren.

Frau Waldschmidt, promovierte und beamtete Soziologin, Erforscherin des Zeitgeistes und der Mühen der Menschen, selbigem zu dienen, empfing Herr Stiller bei Kaffee und selbstgebackenem Apfelkuchen.

Seine Blumen aus dem Supermarkt von nebenan stellte sie lächelnd in ein Wasserglas und lobte deren »natürliche Schönheit«.

Als Expertin in gestörter Kommunikation und uneingeschränkt diskursorientiert, erklärte sie Herrn Stiller zuerst freundlich ihr veganes

Backrezept, das er, Aktivist in Sachen Kölner Mundart, begeistert und in seiner Sprache würdigte.

Dass er beim Hinunterschlucken des ersten Bissens leicht würgte, übersah die Soziologin freundlich und, anstrengende Widersprüche vermeidend, eröffnete sie nun ihrerseits den Diskurs und kam zu Sache.

Ja, sie verstehe, dass ihr Verhalten Unmut errege, räumte sie ein. »Ja, aber nicht bei allen und gewiss nicht bei Ihnen«, schränkte sie gleich ein.

Herr Stiller rutschte unruhig auf seinem Stuhl herum.

Er traute sich den Widerspruch zu, obwohl er bereits Frau Waldschmidts Strategie der zwingenden Herstellung von Einvernehmen seit mehr als zehn Jahren kannte und sich selbiger nur ungern unterwarf.

»Es ist zu laut, es dauert zu lang, es ist zu häufig!«, sagte Herr Stiller auf Hochdeutsch.

»E-s?«

Frau Waldschmidt dehnte die beiden Buchstaben des Wortes in unnatürlicher Weise und verlieh ihm damit etwas Anrüchiges. Herr Stiller starrte sie lauernd an.

»E- s?«, wiederholte sie.

Und dann sagte Frau Waldschmidt scharf und gedehnt: »Sie meinen meine Andacht? Mei-ne-An-dacht!«

Herr Stiller nickte.

»Schön, dass Sie meine Andacht würdigen, Herr Stiller«, Frau Waldschmidt strahlte ihn nun an.

Sie goss Kaffee nach. Um ihn nicht zu verstimmen, verzichtete sie darauf, ihm ein weiteres Stück Apfelkuchen anzubieten.

Herr Stiller nutzte die entstandene Pause und erklärte: »Ihre Andacht ist zu laut, zu lang, zu häufig. Das sagen alle. Und ich habe den Auftrag, es Ihnen zu sagen.«

Frau Waldschmidt beugte nun den Oberkörper leicht über den Tisch und sah ihm direkt in die Augen.

Herr Stiller erstarrte und lehnte sich zurück.

Habe sich nicht alles verändert, sagte nun beschwörend Frau Waldschmidt, das Klima, Kriege, Katastrophen, Inflation, Migration, Ökonomie und Ökologie.

Kurz, alles sei im Wandel und alle Sicherheiten und Grenzen seien aufgehoben.

Und im Sinne besserer Vermittlung führte Frau Waldschmidt nun auch anschauliche Beispiele aus der großen und der kleinen Welt an. »Der Zeitgeist ist volatil!«, so schloss sie nach einer Viertelstunde.

Herr Stiller war in sich zusammengesunken, aber noch nicht ganz widerstandslos.

»Nein, nicht der Zeitgeist!«, stöhnte er auf, gab sich einen Ruck, blickte der Soziologin nun streng ins Gesicht und stieß hervor: »Ihr Verhalten, Frau Waldschmidt, stört die Hausgemeinschaft!«

Frau Waldschmidt hielt geübt Augenkontakt, legte eine bedeutsame Pause ein, lächelte verständnisvoll und rückte wieder näher an ihn heran.

»Aber Herr Stiller, haben wir nicht alle unsere Mühen, dem Zeitgeist zu folgen?«, fragte sie, an das Wir-Gefühl der Zeitgenossen appellierend.

Und nun war sie ganz bei ihrem Forschungsschwerpunkt.

Leider hatte Herr Stiller diese Entwicklung nicht vermeiden können, wie er später am Tresen sein Erlebnis mit der Soziologin unter Männern wortreich und insgesamt sehr unkorrekt verarbeitete. »Wie einmal falsch abgebogen«, erklärte der Elektriker, seine Niederlage tapfer eingestehend.

Frau Waldschmidts Augen glänzten, sie genoss bereits den bevorstehenden Sieg und legte los:

»Haben wir nicht gemeinsam getrauert nach

dem Anschlag im Park? Sind wir nicht alle für Frieden, Verständigung, mehr Grün, gegen Terror gemeinsam auf die Straße gegangen?

Ja, wir müssen alle mit diesen Unübersichtlichkeiten leben, aber wir sollten die Herausforderung gemeinsam bewältigen!«, schloss Frau Waldschmidt entschieden.

Genau das hatte Herr Stiller befürchtet.

Er sammelte sich: Es gehe hier nicht um das Allgemeine, den Zeitgeist oder was auch immer.

So wagte Herr Stiller erneut den Widerspruch gegen die Einvernahme und erklärte, nun etwas lauter werdend, es ginge – hier und jetzt – um Frau Waldschmidts unangepasstes und die Hausgemeinschaft nachhaltig störendes Verhalten.

Dabei wechselte Herr Stiller wieder ins lokale Idiom. Es verschaffte ihm sichtbar Stabilität und rhetorische Vorteile, während er die Kritik der anderen Nachbarn wortreich und pointiert wiedergab.

Frau Waldschmidt legte nun ihrerseits wieder eine pädagogisch motivierte Pause ein und wechselte die Taktik:

Aber wie ginge er, also Herr Stiller, mit der raumgreifenden Entsicherung um?

Sie zielte bewusst auf die personale Ebene.

»Raumgreifend?« wiederholte er.

Er würde zuerst nach dem Sicherungskasten suchen, dachte der Elektriker.

»Entsicherung?«: Sie wiederholte das Wort genussvoll.

Frau Waldschmidts Strategie der Irritation schien gelungen. Herr Stiller stöhnte.

Er überprüfe die Sicherungen regelmäßig, sagte er, nun seine Wirklichkeit nachdrücklich einfordernd und die ihrige verneinend.

Sein Fehler, dachte Frau Waldschmidt und jubilierte im Stillen. Genau so mache sie es auch, nickte sie nun zustimmend und Einvernehmen vortäuschend.

Ihre ausgedehnten Andachten seien wie sein häufiges Prüfen der Sicherungen, erklärte sie. Bei zunehmender Unsicherheit müsse man halt häufiger aktiv werden, er als Elektriker und sie als Soziologin.

»Für mehr Sicherheit sorgen. Und die Geister der Volatilität vertreiben. Also länger Andacht halten!«, fasste sie zusammen.

Achtsam und eindringlich warb Frau Waldschmidt nun um Verständnis.

»Also länger bei sich und bei den Anderen sein«, schloss sie ihre anschauliche Beschreibung der allgemeinen Verunsicherungen und persönlichen Nöte.

Sie bitte Herrn Stiller, bei der nächsten Hausversammlung in ihrem Sinne zu sprechen.

Schließlich wolle man doch dasselbe, schob sie lächelnd nach.

Nun stand sie auf, geleitete Herrn Stiller, der ihr unschlüssig folgte, zur Tür.

»Ja, diese grenzenlose Entsicherung verwirrt uns doch alle«, sagte sie und legte dabei vertraulich ihre Hand auf seinen behaarten Unterarm.

Kapitel 13

Mao hatte sie alle gekannt:

die Demütigen angesichts seiner Größe, seines Gebisses, das er ihnen nicht vorenthielt, jedenfalls, was das Ansehen betraf;

die Ängstlichen, deren Geruch ihn irritierte und beißfreudig stimmte;

die Blender, die er gerne entschleierte und ihrer Angst anheimgab;

die Neutralen, die so taten, als wäre er nicht da, und die er deswegen gerne mit hündischen Lebenszeichen aller Art überraschte;

die Zugewandten ohne Angst, die nicht selten etwas Leckeres für ihn bereithielten, falls er mal zuschnappen sollte.

Er roch die Kranken, die Beladenen, die Selbstmörder lange bevor diese wussten, wie es um sie bestellt war.

Kurz: Mao verfügte über vielfältige Erfahrung im menschlichen Umfeld.

Dass Herr Dr. Seib ihn eines Tages allerdings vergessen könnte, damit hatte er nicht gerechnet.

Jedenfalls nicht beim ersten Mal. Da fühlte

er ganz tief unten etwas aufsteigen, was ihm irgendwie bekannt vorkam, das er aber nicht mit dem alten Herrn in Verbindung brachte. »Gespenster eines früheren Leben«, sagte sich Mao, entschlossen, daran zu arbeiten.

Dr. Seib war verlässlich, hatte seine festen Abläufe, auf die sich Mao einstellen konnte.

Herr und Hund verstanden sich. Nicht mehr und nicht weniger. Und nahezu ohne Worte.

Mao hatte den Geruch von Tabak und Büchern lieben gelernt. Tabak und Bücher, das war Herr Dr. Seib.

Da war sein Sessel, da war sein Sofa, da war sein Bett.

Und überall roch es nach Tabak und Büchern.

Und da hatte Mao seinen Platz.

Das Rascheln von Plastiktüten versprach den Nachschub von Futter.

Das Rauschen des geöffneten Wasserhahns sicherte das Auffüllen des Trinknapfes.

Geschütteltes Trockenfutter rasselte in der Papierschachtel. Die Fleischdosen öffneten sich mit einem Plopp.

Wenn Dr. Seib sich besonders geschickt anstellte.

Die Leine hing am Haken der Garderobe. Dort

hingen auch Jacken, Mäntel, Sakkos, die sein Herr je nach Jahreszeit zu tragen pflegte.

Wie Dr. Seib schätze Mao Chopin, Wohlergehen, Sicherheit, Heimat.

Dann kam große Unordnung.

Die Leine fehlte.

Dr. Seib vergaß, obwohl es schon recht kalt war, seinen Mantel.

Die Leine fand Mao auf dem Küchenstuhl.

Dr. Seib hustete wochenlang und hörte Wagner.

Kein aufmunterndes Rasseln mit dem Trockenfutter, kein fröhliches Aufploppen der Hundefutterdose, nur noch unregelmäßige, lieblose Versorgung ohne Zuspruch.

Dann vergaß Dr. Seib die Straße und seine Hausnummer. Mao geleitete ihn nach ausgedehnten Irrgängen wieder zurück. Dann vergaß Dr. Seib den Haustürschlüssel.

Nur dank aufmerksamer Nachbarn, die Herr und Hund kannten und über einen Ersatzschlüssel verfügten, konnte Mao wieder rechtzeitig zu seinem Futternapf gelangen.

Mao musste seinen Herrn immer häufiger an das Dasein seines Hundes erinnern, ein unwürdiger und zeitraubender Zustand, zumal seinen primären Bedürfnissen immer seltener in angemessener Weise entsprochen wurde und auch die musischen auf der Strecke blieben.

Dr. Seib vergaß die Zeit, den Ort und die Abläufe.

Und dann vergaß er Mao.

Und dann war Dr. Seib plötzlich weg.

Nur noch einige Partikel im Park blieben zurück.

Und dann kam Frau Magerl, die diplomierte Biologin. Sie war nicht verlässlich, hatte keine geregelten Abläufe, sprunghaft verteilte sie Ab- und Zuwendung, ihre Grenzen setzte sie willkürlich und roch zudem nach Katze.

Mao musste sich ständig auf neue Hundefuttermarken einstellen, nicht selten und aus reiner Not von ihr heimtückisch vorgesetztes Katzenfutter zu sich nehmen.

Und immerzu dröhnte ihr Radio...

Mao schüttelte sich ob der unangenehmen Erinnerungen. Selbst Ruhephasen auf dem Sofa musste er immer wieder neu aushandeln.

Ein elendes, ungesichertes Dasein!

Aber inzwischen hat Mao ihr alles vergeben: Sie war, nun im Rückblick betrachtet, ein getriebenes Wesen, das zwischen Labor und heimischem Sofa sein Leben vertat, wohl einem schönen, weichen, tiefseeblauen Sofa, auf dem er sich anfänglich ausbreiten durfte, das aber bald zum Schauplatz eines erbitterten Kampfes zwischen beiden wurde.

Es ging um Macht, in gewisser Weise auch um Anerkennung, möglicherweise um Liebe, besser um deren Fehlen.

Unschöne Szenen, Chaos, Kontrollverlust – Mao nahm es nicht persönlich und trug auf seine Weise, insbesondere durch die erzwungenen nächtlichen Spaziergänge dazu bei, die diplomierte Biologin nachhaltig zu erschüttern. Und Widerstand herauszufordern.

Das Ende ist bekannt.

Frau Magerls pharmakologische Kenntnisse und hervorbrechende niedere Triebe obsiegten schließlich.

Dieser finale Akt der Negation, den Mao offensichtlich in ihr geweckt hatte, brachte ihr Freiheit und sie in das sonnige Portugal – und Mao letztlich Erlösung.

Die Furie des Verschwindens, dachte Mao gelassen auf seiner weichen Wolke.

Kapitel 14

Da sie ihn, seine zwei Brüder, den Vater, dessen Mutter und den Rest der Großfamilie verlassen hatte, hasste Hassan seine Mutter, zumeist und so, wie es die Ehre der Familie und deren Erzählungen abverlangten.

Nur hin und wieder fühlte er sich ihr nahe, wenn ein bestimmtes Lied erklang, ein leichter Zitronenduft vorbeiwehte, wenn der kleinere Bruder, der ihr im Aussehen glich, lächelte, wenn ein bestimmtes Licht den Raum füllte und eine Stimmung aufkam, die für ihn Heimat bedeutete.

Hassan schimpfte dann über das schmutzige Bad, die übel riechenden Wäschestapel vor der Waschmaschine, die angebrannten Essensreste in herumstehenden Töpfen, über schimmelige Kaffeetassen und Teller, über ungemachte Betten, den Modergeruch der Wohnung und den leidenden Blick seines Vaters und das üble Nichtstun der Brüder.

Hassan wollte heiraten.

Sie war immer im Begleitung von zwei Freundinnen. Sie trugen Kopftücher, waren schön geschminkt, hatten große, leuchtende Augen, gepflegte Hände, sie rochen gut, wenn sie aus dem Kaufhaus kamen, und lachten miteinander.

Hassan beobachtete sie im Park.

Er ging ihr auf der Straße aus dem Weg.

Er erkundigte sich bei anderen nach ihrer Familie.

Er aß im Restaurant ihres Bruders. Er trank Tee und sprach mit ihrem Vater.

Die Geschichte von seiner verschwundenen Mutter kannte man hier und war freundlich.

Hassan grüßte sie nun im Park und auf der Straße. Er nickte ihr im Lokal zu. Sie lächelte zurück. Ihr Vater lächelte, ihr Bruder nickte.

Und dann war sie weg, wie der Kiosk, wie ihre beiden Freundinnen, wie Herr Tahtaci und der alte Mann auf der Parkbank, der immerzu rauchte, wie all die anderen, die Hassan nicht kannte.

Nur der Hund kam noch, hin und wieder, aber mit einer fremden Frau, und dann auch nicht mehr.

Hassan dachte über das Verschwinden nach, über den Lauf der Dinge und das Wesen der

Menschen, auch über das der Tiere, und wie sich alles fügte und wieder in seine Teile zerfiel, und wie diese Teile sich wieder auflösten und so weiter.

Er dachte über den Staub der Zeit nach und wie dieser sich über die Dinge und die Menschen legte und schließlich alles unkenntlich machte.

Hassan sagte »unkenntlich« und dachte dabei an seine Mutter. Und an sie.

Dabei saß er vor Tellern im Restaurant ihres Bruders, trank Tee, dachte an sie und ihre rot lackierten Nägel, dachte an den Park, an die Menschen und die Zeit und ihr Ende.

So wurde er Freund ihres Bruders.

Beide trauerten. Sprachlos.

Unwiederbringlich, dachte Hassan und sah dem sich drehenden Dönerspieß zu. Unwiederbringlich, jetzt verstand er dieses deutsche Wort.

Und irgendwann auch seine Mutter Amira.

Dann ging er nach Hause, spülte das Geschirr, wusch die Wäsche, saugte die Teppiche, überzog die Betten, reinigte das Bad, öffnete die Fenster, nahm sein Gespartes, packte seine Reisetasche und schloss die Tür hinter sich.

Im Treppenhaus roch es nach Kohl.

Hassan dachte an das Märchen aus dem Sprachkurs.

Etwas Besseres als den Tod findest Du überall.

Und Hassan dachte an seine Mutter.
Und sie war ganz nahe.

Kapitel 15

Zu seinem siebzigsten Geburtstag, der mit dem einträglichen Verkauf seiner Kanzlei am Ring zusammenfiel, erhielt der erfolgreiche Jurist und Notar Dr. Leu neben anderen sorgsam ausgewählten Geschenken ein in Packpapier eingeschlagenes Päckchen, an seine Privatadresse gerichtet in förmlichem Stil und ohne Absender, darin eine flache braune Schachtel, darin ein schlichter, brauner, geschlossener Umschlag.

Der Notar, ein Mensch, dem im Leben nichts geschenkt wurde, wie er immer wieder betonte, der sich alles selbst erarbeitet hatte, dem weder der Zufall noch das Glück, wie er stets behauptete, gewogen waren und der vom Hunsrück stammte, fühlte sich in gewisser Weise herausgefordert, den Umschlag zu öffnen.

Andererseits hielt ihn etwas davon ab.

Nicht unbestimmte Angst, eher der Widerstand gegen eine mögliche Enttäuschung, Überforderung, gar Erschütterung.

Dr. Leu stellte diese gemischte Befindlichkeit

umgehend selbst in Frage und übergab den geschlossenen Umschlag samt Verpackungsmaterial wie nebenbei seiner Hausangestellten mit der Bitte, den Brief zu öffnen und seinen Inhalt nebst einem Kaffee und Keksen in seinem Arbeitszimmer vorzulegen.

Die syrischstämmige Hausangestellte befolgte die Anweisungen des Hausherrn unwidersprochen, aber deren Sinnhaftigkeit stumm in Zweifel ziehend und Dr. Leus Zustand als verwirrt einordnend, eine bemerkenswerte analytische Fähigkeit, die Amira als Grenzgängerin der Kulturen und Milieus inzwischen hervorragend ausgebildet hatte.

Dr. Leu schätzte Amira als intelligentes Wesen. Und fühlte sich zugleich etwas beschämt.

Auf einem silbernen Tablett brachte sie nach einer knappen Viertelstunde den Kaffee, schwarz wie gewohnt, die gewünschten Kekse und die Einladung zu einem medizinisch begleiteten therapeutischen und das Bewusstsein erweiternden Wochenende in der Hocheifel, mit freier Terminwahl und innerhalb eines Jahres wahrzunehmen.

Amira erklärte knapp die halluzinogene Wirkung der dort kontrolliert einzunehmenden Droge LSD, die Annehmlichkeiten des Hotels sowie die notwendigen Maßnahmen der Reservierung.

Dr. Leu behielt die Einladungskarte in der Hand, unterbrach Amiras Erläuterungen der unter Umständen möglichen negativen Auswirkungen der Droge und der dann gebotenen Medikation, dankte für ihre in gewohnter Weise schnellen und gründlichen Nachforschungen und deutete höflich, aber bestimmt auf die Tür.

Amira verließ den Raum in der Gewissheit, ihren Auftrag bestens erledigt zu haben, und wandte sich wie gewohnt der Vorbereitung des Abendessens im Hause Leu zu.

Wochen später überraschte Dr. Leu Hausangestellte und Gattin mit dem Hinweis, er werde, der anonymen Einladung folgend, das nächste Wochenende in der Hocheifel verbringen und sich einer medizinisch begleiteten drogenbasierten Selbsterfahrung unterziehen – mit eigener Anreise.

Da Frau Leu an dem besagten Wochenende eigenen sozialen Interessen nachginge, wie sie erklärte, bot Amira an, den Fahrdienst für den gesundheitlich seit einem Infarkt eingeschränkten Hausherrn zu übernehmen, was sie inzwischen schon mehrfach und erfolgreich mit dem Auto der Familie Leu getan hatte, also Herrn Leu in die Hocheifel zu fahren und wieder abzuholen.

Dr. Leu könne sich so ganz auf seine Bewusstseinserweiterung ausrichten.

»Aus-rich-ten«:

Überdeutlich sprach Amira das ungewohnte Wort aus und Frau Leu lobte ihre gewählte Ausdrucksweise und Dr. Leus Offenheit für das anonyme Angebot, trotz der vielen gesellschaftlichen Verpflichtungen im Zuge der närrischen Session.

Die Fahrt in die Hocheifel verlief schweigend.

Dr. Leu saß wie üblich auf dem Rücksitz und las.

Amira half Dr. Leu, sein Gepäck aufs Zimmer zu bringen. Sie wünschte ihm eine gute Zeit sowie tiefe Einblicke und genoss die geruhsame Rückfahrt bei meditativen Klängen in dem sicheren und einen erhobenen Ausblick gewährenden Auto der Familie Leu, das sie am späten Abend in der Tiefgarage am Ring abstellte.

Amira kam, wie vorgesehen am Montagmittag wieder in dem Eifelort an und wartete in der geschmackvoll mit pastellfarbenen Polstermöbeln ausgestatteten Empfangshalle des Hotels auf ihren Arbeitgeber.

Dr. Leu erschien mit leichter Verspätung und seinem Gepäck, er nickte ihr freundlich zu und erledigte die üblichen Formalitäten an der Rezeption.

Dann ging man zusammen zum Wagen.

Amira öffnete gewohnheitsgemäß die hintere Tür.

Dr. Leu bestand darauf, vorne zu sitzen, neben der Fahrerin, wie er betonte.

Amira blockierte, einem spontanen Sicherheitsbedürfnis folgend, seinen Weg zur Beifahrertür.

»Warum? Stimmt was nicht?«, fragte sie.

Herr Dr. Leu drängte vor.

Dichter als eine Elle, dachte Amira, die diese Maßeinheit im Deutschkurs kennengelernt hatte. Offensichtlich war er noch orientierungslos.

Sie wich zur Seite aus. Er hielt sie am Arm fest:

»Nichts ist, wie es scheint, Amira.«

Auch er sei nicht mehr derselbe.

Man müsse hinter die Fassaden schauen.

Sein und Schein erkennen!

»Natürlich, Herr Dr. Leu!«, beschwichtigte Amira.

Immerhin habe er LSD konsumiert, bemerkte sie sachlich. Das war die Ebene, auf der sie sich bisher immer trafen. Dr. Leu schwieg.

Amira versuchte es nun mit positiver Verstärkung:

»Gewiss war es eine schöne Erfahrung, die Sie hier machen konnten. Bestimmt hat dieses Wochenende Sie bereichert!«

Sie sei sicher, dass er viel habe mitnehmen können für sich und sein Leben.

Amira lächelte ihn an.

Dr. Leu blieb ungehalten.

Sie solle endlich aufhören, es ihm recht machen zu wollen. Er schrie: »Aufhören!«

Er umfasste ihre Oberarme und schüttelte sie, völlig außer sich geraten:

»Aufhören, es Frau Leu recht machen zu wollen.

Aufhören, es allen recht machen zu wollen.

Aufhören, aufhören...«

Amira wusste, dass es nicht um sie ging.

Solche Ausbrüche waren ihr aus ihrem früheren heimischen Umfeld bekannt.

Amira war auf alles vorbereitet.

In diesem Falle wäre es allerdings Teil ihres bezahlten Arbeitstages. Berufsrisiko, nicht Beziehungstat, somit eine arbeitsrechtliche Angelegenheit.

Und dann schluchzte der Notar plötzlich auf:

Sie solle ihn einfach in den Arm nehmen und ihn weinen lassen, vorne auf dem Beifahrersitz. Und sie solle endlich losfahren.

Amira verstand.

Wortlos nahm sie ihn in den Arm, tätschelte leicht seinen Rücken.

«Das vergeht«, flüsterte sie beruhigend, öffnete ihm die Beifahrertür, schob ihn hinein und ließ ihn Platz nehmen, schloss seine Tür von außen, stieg selbst auf den Fahrersitz, schloss seinen Gurt, damit er neben ihr sicher weinen und dann schlafen konnte.

Und so geschah es.

Amira fuhr Umwege, viele, fuhr sicher über Höhenwege, durch Straßendörfer, um Vulkankegel herum, durch dichte Wälder, über Brücken, Flüsse und Autobahnen und schließlich in die Stadt am Strom und in die Tiefgarage am Ring.

Ihr Abschied um Mitternacht erfolgte wortlos und freundlich.

Am nächsten Morgen teilte ihr Frau Leu mit, Dr. Leu habe sich entschlossen, die bisher verheimlichte Beziehung zu seinem Partner Daniel öffentlich zu machen.

Daniel Stein sei ein junger Mann, eigentlich aus Frankfurt, sehr gediegen und liebenswert.

Sie kenne auch seine Mutter, Frau Stein, eine großzügige und gebildete Dame mit venezianischen Verbindungen.

Bestimmt werde Amira bald beide kennenlernen.

Man werde sehen, wie sich alles entwickelt.

Sie, Frau Leu, sei sehr zuversichtlich.

Das halluzinogene Wochenende habe ihrem Mann sehr gut getan, so schloss sie.

Und dann besprachen Frau Leu und Amira die Einkaufsliste und eine mögliche Kontaktaufnahme zu den Kindern Leu.

»Und zu dem Enkelkind«, mahnte Frau Leu, »und nach Kerala, auch zur Justizvollzugsanstalt Weiterstadt und nach Berlin Mitte!«

Was für ein merkwürdiges Glücksgefühl, dachte Amira.

Kapitel 16

Und wieder einmal war es die Zeit der Amaryllis und der langen Telefongespräche an dunklen Nachmittagen.

Diesmal klagte sie über die lästig gewordene Gabe, die Gesichter der Menschen lesen zu können, besser, lesen zu müssen:

Hinter gut geschützter Fassade durchlebte Tiefpunkte, verborgene Zweifel und Ängste zu sehen, die nächste Täuschung, die kommende Wirrnis zu ahnen, noch unentdeckte Ziele und Talente, gerade geweckte Hoffnung und Wünsche zu erkennen.

Diese Gabe sei nicht mehr nur auf ihr Arbeitsfeld beschränkt, sagte die Dame mit der Amaryllis.

Diese Gabe beherrsche zunehmend auch den privaten Bereich und entblöße selbst neutrale Nachrichtensprecher bei ihren rituellen täglichen Verrichtungen im Fernsehen.

Welch ein Kraftaufwand, welch eine Energieverschwendung, dachte die erfolgreiche Unternehmerin und kluge Witwe, hörte der Freundin zu, fragte nach, schwieg, nickte, bestätigte und sann auf Abhilfe.

Diese Gabe der Durchsicht und ein gewisses Maß an Verbindlichkeit, die sie im Personalbereich und auf der Gehaltsliste nach ganz oben brachten, versperrten ihr nun den Weg zum Du, fuhr die Freundin fort.

»Also auch den Weg zu dir selbst«, wie die Witwe schließlich einvernehmlich und sich selbst ausnehmend ergänzte.

Den Weg zu Gott erwähnten die Freundinnen wohl auch in diesem Zusammenhang, durchaus auf Tiefe bedacht, verzichteten aber auf weitere Bezüge, da es sich bereits um ein recht langes Telefongespräch handelte, um eines dieser Gespräche, die sich unwillkürlich und spielerisch von alltäglichen Themen entfernen, um den Ballast des bisher nicht Gesagten nach oben zu fluten und dann wieder abebben zu lassen.

»Wie ein Tsunami, der sich zurückzieht«, sagte die Dame mit der Amaryllis, »und der dann mit Gewalt zurückkehrt«.

In der nächsten Nacht träumte sie von einer riesigen Welle, welche die Stadt flutete, ihren Dreck und ihre Schönheit vor sich her trieb und dann alles in unauflösbarer Wirrnis in den Ebenen zurückließ, all die Menschen, die Tiere und die Dinge, die nun niemand mehr brauchte.

In dieser Zeit entstand ihr Wunsch, zu einem Fest der Versprengten zu laden, wie sie nach Tagen der Freundin und klugen Witwe mitteilte.

Ein Fest für Menschen, *deren Gemüter seit dem fürchterlichen Schlag, der sie durchdröhnt hatte, zur Versöhnung bereit waren*, so hätte es der zitatensichere Germanist sagen können, wenn man ihn gefragt hätte.

»Versprengte zusammenführen, welch zeitgemäße und menschenfreundliche Idee!«, sagte die kluge Witwe, eine pragmatische, aufgeklärte und unabhängige Persönlichkeit, die seit dem Tod ihres Mannes bereitwillig Bewegungen aller Art, sofern sie der Freiheit dienten, unterstützte.

Um welche Freiheit es sich dabei handelte, ließ sie offen.

»Im kleinen Kreis anfangen und dann immer weitere Kreise ziehen.«

Das war die strategische Ausrichtung der Witwe. Ihr Wille, über das Gegebene hinauszudenken, schien gefestigt. Ihr Tatendrang gleichfalls.

Den die Witwe beim ersten Planungsgespräch begleitenden Germanisten drängte es in literarischer Bezüglichkeit, das Attentat im Park als erschütterndes Erdbeben auszumalen – gar als befreienden Akt der Negation.

»Eine überflüssige Doppelung des Bildbereiches angesichts der ureigenen Sprengkraft des Anschlags«, kommentierte die Witwe, ließ ihren literarisch bewanderten Begleiter aber gewähren, sollte er später doch bei den praktischen Vorbereitungen des Festes nützlich werden.

Und je länger sich die Freundin mit der Zusammenführung der Versprengten und deren Geschichten beschäftigte, desto mehr verlor sie ihre beklagte »überreizte Sensibilität für allgemeine Verstellungen«, wie sie ihre Gabe der Durchsicht nun nannte.

Und schließlich lag die Gästeliste vor:

Die kleine Amal, von ihrer angolanischen Mutter in der Kita in der Kyffhäuserstraße zurückgelassen.

Amal entwickelte erstaunliche Überlebenskünste und war fest entschlossen, später, wenn sie mal groß würde, ebenfalls unterzutauchen wie ihre Mutter Maria.

Amals künftige Pflegeeltern Holger Hansmann, der Lehrer und Flüchtlingshelfer, und Undine, ehemals obdachlos; beide Überlebende und deswegen einander und den Menschen im Allgemeinen zugetan als aufgeklärte und mit den Institutionen vertraute Helfer.

Ines und die griechischen Zwillinge, die Ansgar Stahl als Kuckuckskinder bezeichnete und schamlos verstoßen hatte, bevor er nach Portugal floh und dort bei einer früh verrenteten Biologin unterkam; niemand hätte die ichbezogene Ines als Freundin betrachtet, ihre Geschichte rührte aber, zumal sie diese gerne wort- und tränenreich erzählte. Und viele halfen, den Zwillingen und Ines ein gutes Leben zu ermöglichen. Vielleicht würde sie eines Tages ihre auf Gegensätze gründende Kunstproduktion wieder aufnehmen.

Dr. Leu Senior und sein Sohn, Freigänger der Justizvollzugsanstalt Weiterstadt, nebst Berliner Enkel sowie Daniel Stein, Dr. Leus kunstkundiger Lebensgefährte nebst großzügiger und an dramatischer Dynamik interessierter Frankfurter Mutter, welche die ihr – wie sie gerne ausführlich erklärte – »nun zugewachsenen« Menschen in der Stadt am Strom schätzte und gerne auch in finanziellen Dingen beriet.

In kurzer Zeit hatte der Notar völlig neue Seiten seines Lebens entfaltet, dazu gehörte auch die Übernahme der Verantwortung für den dreijährigen Enkel, dessen mexikanische Mutter aus Berlin-Mitte sich wichtigeren Zielen als der Kinderaufzucht zugewandt hatte, während der Vater des Kindes, Leu Junior, noch einsaß.

Das Paar Dr. Leu und Daniel Stein führten eine glückliche offene und allgemein anerkannte Beziehung, die eine nachhaltige Bereicherung des Familienlebens im Hause Leu bedeutete, zu dem demnächst auch Tochter Leu, aus Indien zurückkehrende Jogalehrerin und Volljuristin, gehören würde.

Leu Junior würde demnächst in dem vom Vater empfohlenen Beratungsunternehmen, das wegen des veränderten Zeitgeistes stark auf Vielfalt und mannigfaltige Erfahrungen setzt, eine gut dotierte Stelle übernehmen.

Amira, Dr. Leus Hausangestellte und umsichtige Freundin, die der freiheitsliebenden Witwe als Förderin des Frauenhauses viel verdankte, brachte auf ihre Weise die Versprengten zusammen, indirekt auch Hassan, ihren verloren geglaubten, ehemals aus der Zeit gefallenen Sohn und nun aussichtsreichen Mitarbeiter im Unternehmen der Witwe.

Und selbstverständlich die Unternehmerin selbst, deren Witwenschaft als innovative Kraftquelle für das Weiterkommen von vielen sowie für das eigene Unternehmen wirkte.

Und ihr Gefährte, der zitatenreiche Germanist, der endlich zugunsten der Lyrik seinen Brotberuf als Texter aufgeben konnte.

Und natürlich die Gastgeberin, die Dame mit der Amaryllis und kluge Begleiterin der Erzählung, die ihre Gabe der Durchsicht zugunsten eines freundlichen, fast heiteren Anschauens der Verhältnisse und Menschen aufgeben wollte.

Sie sorgte dafür, dass Herr Faber, Handwerker und Vertreter eigener Gedanken, gleichfalls eingeladen würde, wenn auch mit Bedenken, ob seines politischen Eifers und widerspenstigen Geistes.

Deswegen sollte ihm, einseitige Einflussnahme vermeidend, die streitbare und in Sachen Zeitgeist forschende Soziologin, Frau Waldschmidt, am Festtisch und vielleicht auch im Leben zugesellt werden.

Und abschließend wollten die Festgäste Frau Wiesengrunds gedenken, die, der Stadt am Strom und den Freunden des Parks noch eng verbunden, mit ihrem Deutschlandticket die Ränder der Republik »anschaute«, wie sie kürzlich per Postkarte aus Suhl mitteilte.

Eigentlich dachte die Dame mit der Amaryllis auch an Senta, die sich am eigenen Schopf aus dem Sumpf ziehen konnte – eine besondere Fähigkeit in diesen Zeiten multipler Krisen und gefühlter Notstände. Aber Senta blieb unerreichbar.

Das war der kleine Kreis der Versöhnten.

So fügen sich die Teile, irgendwie, dachte Hassan.

Auch wenn nicht zum Ganzen.

Aber zum Guten.

Und der Germanist sann und zitierte:

Wünsche und Begehrungen sind Flügel.

Es würde ein schönes Fest.

Wie viel Elend doch über die Welt kommen musste, dass sie so glücklich würden.

So oder ähnlich dachten sie in ihrem kleinen Kreis.

Kapitel 17

Lauter weiße alte Leute. Aber ein schönes Fest.

Und ich durfte ganz lange aufbleiben.

Nur der kleine Junge war ein bisschen braun, aber lustig. Und die Zwillinge waren auch da, aber die sind langweilig.

Und alle redeten durcheinander und küssten sich und hopsten herum.

Schoko und Limo gab´s, und einen Zauberer, der holte Hasen aus dem Hut. Aber mir kann man nichts mehr vormachen. Ich glaub nicht an den Osterhasen. Und auch nicht an den Weihnachtsmann.

Warum fragen mich alle, wie es in der Schule läuft?

Was soll denn da schon laufen?

Warum fragen sie nicht mehr nach meiner Mutter?

Meine Mutter ist weg und hat mich nicht von der Kita abgeholt. Das war böse.

Aber das war früher. Jetzt habe ich eine neue.

Hänsel und Gretel hatten auch eine Mutter – und einen Vater. Also Eltern.

Aber eigentlich waren die böse. Aber die Hexe haben die Kinder verbrannt. Und dann haben sie alle Lebkuchen aufgegessen.

Die Zwillinge haben auch eine Mutter. Aber eigentlich auch nicht. Weil die sich nicht um die Zwillinge kümmert.

Aber das macht nichts.

Du, es gibt alte weiße Frauen, die haben keine Kinder und viel Geld und viel Zeit und die kümmern sich um die Zwillinge und auch um ihre Mutter. Und gehen mit ihnen in den Park oder ins Café oder sie machen ein Fest.

Und sie sagen: »Amal, Du darfst auch kommen.«

Und Hassan hatte auch lange Zeit keine Mutter. Das hat er mir erzählt, und auch, wie er sehr traurig war.

Aber jetzt hat er seine Mutter wieder.

Und beide haben sich wieder lieb. Das hat sie auch gesagt und mir einen Kuss gegeben.

Auch der Enkel von Dr. Leu hat keine Eltern, aber eigentlich doch, nur sind die nicht hier. Deswegen ist er bei seinen Großeltern.

Und die holen ihn immer von der Kita ab. Und lassen ihn nicht warten.

Und lassen ihn mit dem Dreirädchen fahren. Und kaufen ihm Eis.

Weißt Du, eigentlich geht es auch ohne Eltern. Ohne die richtigen Eltern. Die haben oft Probleme. Oder sind weg.

Oder tot.

Aber es ist gut, dass ich jetzt neue Eltern kriege. Die kümmern sich um mich. Die vergessen mich nicht in der Schule. Bei denen gibt es immer etwas zu essen.

Weißt Du, Eltern, die vorlesen und mit mir Monopoly spielen. Und die eine Badewanne mit blauem Schaum haben. Und vielleicht schenken sie mir zu Weihnachten einen großen Hund, einen Deutschen Schäferhund wie Mao. Der soll auch so heißen, weil der alte Mao tot ist.

Meinen Hund würde ich nie vergessen.

Und dann würde meine Mutter Maria kommen und mit mir und Mao weggehen.

Jetzt noch nicht.

Bald oder später.

Kapitel 18

»Nachdem er nahezu zwei Drittel seines Lebens zwischen wechselnden Taxitüren, Flugzeugsitzen und Hotelbetten verbracht und in leitender Position Angelegenheiten seines Landes nach mehr oder weniger erratischen Vorgaben und volatilen Budgets an den unterschiedlichsten Stellen des Globus bedient und den Zeitpunkt eines für ihn passenden Abgangs wohl aus Routine, Unsicherheit und fehlenden Alternativen verpasst hatte, kehrte er in ein für ihn inzwischen fremdes Land und seine Heimatstadt zurück, nach wie vor tatkräftig, aber auf Grund fehlender Ausrichtung und Inanspruchnahme orientierungslos und unzufrieden.

Da er bereits weit über den gesetzlich vorgegebenen Zeitpunkt des Ruhestandes hinaus mehrfach temporär begrenzte Arbeitsaufträge übernommen und für ihn wichtige zusätzliche Einnahmequellen erschlossen hatte, stand er nun vor der Herausforderung, sich endgültig aus dem Arbeitsleben zurückzuziehen und die mit selbigem verbundenen Herausforderungen,

Annehmlichkeiten und Bestätigungen anderswo zu erschließen.

Und da sich das Anderswo für ihn nun eindeutig und zunehmend auch sozial begrenzt gestaltete und es zudem an günstigem Personal für häusliche Dienstleistungen mangelte, verlor er nach und nach seine mentale Geschmeidigkeit, die früher karriereförderlich war und jetzt ein Ankommen, Anschauen und Annehmen ermöglicht hätte, was schließlich zu einem für ihn bedrückenden Zustand geistiger Lähmung führte.«

Er, zunächst geneigt und geschmeichelt, las zunehmend konzentrierter, so als könnte er etwas verpassen. Dann nestelte er nervös an seiner Brille, hüstelte und blickte sichtbar ungehalten auf.

»Nein, das erlaube ich Dir nicht, so kannst Du nicht über mich schreiben!«, zischte er schließlich, nachdem er die ersten drei Sätze dieser Erzählung in dem kürzlich erschienenen und ihm soeben von der langjährigen Freundin und Vertrauten mit einer persönlichen Widmung überreichten Buch überdacht hatte.

Die Freundin blieb ruhig und setzte ihr Frühstück betont gelassen fort. Rührei, eine dünne Scheibe Schwarzbrot, ein Klecks Butter, Salatblatt, Gurkenscheibe, eine halbe Tomate. Alles wurde sorgfältig mit Salz und Pfeffer bestreut und auf dem Teller neu arrangiert.

»Warum nicht?«, fragte sie, bevor sie die Gabel langsam zum Mund führte.

Sie kaute bedächtig.

Nach einer Pause fuhr sie fort.

»Es geht nicht um Dich, es geht um eine Geschichte, die ich erzähle. Es geht um eine Figur, die ich erfunden habe. Tausende könnten sich betroffen fühlen.

Warum gerade Du?«

Mit erneut gehäufter und auf Mundhöhe erhobener Gabel hielt die Schriftstellerin inne und blickte ihn freundlich an: »Aber da Du Dich nach den ersten drei Sätzen dieser Geschichte so betroffen fühlst, muss sie etwas in Dir berührt haben. Wir sollten darüber sprechen!«

Sie lächelte freundlich und einladend.

Heuchlerisch, so schien sie ihm.

Diese überhebliche Gelassenheit und scheinbare Zugewandtheit erregten in ihm Widerstand, gar körperliches Unwohlsein.

Er wurde nun lauter:

»Lass´ dich von anderen Gestalten aus seinem Freundeskreis inspirieren, offensichtlich brauchst du ja konkrete Objekte, um ihnen deine Böswilligkeiten anzuhängen.«

Er holte tief Luft und zu einem letzten verbalen Schlag aus, der allerdings, was die Lautstärke betraf, moderat ausfallen musste, da man sich im öffentlichen Raum aufhielt.

»Meine Liebe«, er schien zu säuseln, »das ist primitiver Realismus – als Literatur verbrämt, tatsächlich professionelle Unzulänglichkeit und – gei-sti-ge – Läh-mung!«

Die letzten beiden Worte überdehnte er und hob dabei die sich auf und ab bewegenden Zeigefinger als stilisierende Anführungszeichen.

»Geistige Lähmung!«, wiederholte er jetzt scharf und schob mit einer aggressiven Handbewegung das noch aufgeschlagene Buch Richtung Rühreiteller der Freundin, stand auf, verabschiedete sich mit einem knappen Kopfnicken Richtung Kellner und verließ das Café.

Die Schriftstellerin blickte ihm nach, klappte ihr Buch zu, strich sanft über den schwarzen Schutzumschlag mit der blutroten Amaryllisblüte.

»Aller Lieben«, murmelte sie im Sinn einer Vergewisserung des endgültigen Verlustes und setzte ihr Frühstück fort.

Dann widmete sie sich der ausgiebigen Lektüre der Tagezeitung, entschlossen, nicht für die Rechnung des anderen aufzukommen und sein Aufbegehren als hässliche Abwehr von Ängsten und Zweifeln zu deuten und den Vorfall wie auch ihn zu vergessen.

Ein beschädigtes Leben, dachte sie. Und immer auf der Flucht! Wie schade! Hätte er ihre Erzählung zu Ende gelesen, so wäre er unter Umständen dankbar gewesen für die freundliche Anleitung zum heiteren Blick auf das Leben und die Verhältnisse.

So dachte die Dame mit der Amaryllis, die Wirkung von Literatur überschätzend, wie sie später selbst einräumte, als sie mit der klugen Witwe auch über diese Begegnung und ihren Ausgang nachdachte.

Eine »tröstliche Heiterkeit« enthalte ihre lange Erzählung nach Meinung eines befreundeten Literaturkritikers, der sich bereits auf dem Klappentext entsprechend äußerte.

Darauf einigten sich die Freundinnen.

Und da der bisher als wohlmeinend geltende Freund sich weder der Erzählung noch ihrer Verfasserin gegenüber öffnen wollte, blieb ihm auch diese Einsicht fremd und er ausgeschlossen.

Bedauerlich, dachte die Erzählerin, hätte er doch auch zum inneren Kreis der Versöhnten gehören können. Schließlich hatte sie ihm in ihrer Erzählung eine bedeutende Rolle zugewiesen, die er darin hervorragend meisterte.

Warum nicht im wahren Leben?

Warum so viel Widerstand?

Warum so viel Verstellung?

Warum so viel falsches Leben?

So fragte sie sich. Aber das wäre eine neue Geschichte, dachte abschließend die Dame mit der Amaryllis und Hüterin der Erzählung.

Die kluge Witwe hob wissend und zugleich fragend die schmalen Schultern und fächerte die erhobenen Hände:

»Deine kleine Rache an seinem Verrat? – Gelungen!«

Sie lächelte und fügte verständnisvoll hinzu:

»Eine Geschmacklosigkeit von ihm, die Entwürfe deiner Erzählung nicht selbst zu lesen sondern einer literaturinteressierten Mitarbeiterin als Lektüre aufzutragen und deren Kritik dir ungesehen als seinige weiterzuleiten...«

Kapitel 19

»Kunst ist Ordnung schaffen«, erklärte Ines entschieden lächelnd vor laufender Kamera und zahlreich erschienenem Publikum, die griechischen Zwillinge bildmächtig rechts und links auf die inzwischen ausladenden Hüften gelagert als untrüglicher Nachweis ihrer Mutterschaft und künstlerischen Authentizität.

Ines Markenzeichen, das kunstvoll geraffte himmelblaue Seidenkleid, ein weiß geschminktes Gesicht, die blondgelockte Perücke verliehen ihr die viel gerühmte madonnenhafte Aura.

»Ordnung schaffen!«, wiederholte Ines.

Es war ein Imperativ.

Die wohltätige und auch kunstsinnige Witwe und ihr germanistisch geschulter Begleiter hatten alles bestens arrangiert: eine stadtbekannte Galerie, wohl gesonnene und einflussreiche Medienvertreter, feingeistige und trinkfeste Kunstkritiker, druckreife und sprechbare Vorlagen für den ästhetischen Überbau, feministische Aktivistinnen, reiche Gönner und strömungsoffene gut betuchte Kunstliebhaber sowie leckere Schnittchen und erlesene Getränke aller Art nebst dienstbaren Kellnern.

»Kurz: die gelungene Organisation einer Vernissage«, wie die Witwe sachlich zusammenfasste.

Die den Zeitgeist pflegenden einführenden Reden waren gelungen und angemessen wohlwollend.

Der in die Jahre gekommene Galerist rühmte sich, den aufsteigenden Stern am feministischen Kunsthimmel – Ines – in seiner Galerie auszustellen.

Das Wort »schwergewichtig«, das er in diesem Zusammenhang verwenden wollte, hatte die Mäzenin und kluge Unternehmerin im Redeentwurf vorab vorsorglich gestrichen.

Der mit rotem Seidentuch geschmückte und sorgfältig geschminkte Kunstkritiker im grünen Samtanzug räumte ein eine »so herausfordernde« Ästhetik bisher »noch nicht erlebt« zu haben.

Er sprach kundig und eloquent von hausfraulichem Alltag, von glückender Mutterschaft, von künstlerischer Sublimation und »heikler Anmutung« der in antithetischer Auseinandersetzung mit realen Herausforderungen entstandenen Exponate.

Dabei leerte er hastig sein Weinglas und ließ sich von einem knabenhaften Kellner mehrfach nachschenken. Eigentlich sollte er von »heiterer Anmutung« sprechen. Sein Lapsus blieb scheinbar unbemerkt, wie die Witwe erleichtert feststellte.

Das überwiegend elegant gekleidete und wohl frisierte Publikum applaudierte reichlich, während agile schwarz-weiß uniformierte junge Männer in engen Hosen unablässig Alkohol und kleine Leckereien reichten.

Ines fühlte sich verstanden, sonnte sich im neuen Ruhm, flutete den Raum mit tiefen Emotionen, mit »Mütterlichkeit«, mit der »Erhabenheit einer Schamanin«, wie die kinderlosen Freundinnen und primären Bezugspersonen der Zwillinge auch Monate danach noch schwelgten.

Und als die Zwillinge schließlich wie auf Kommando anhoben zu schreien, stiegen über zwei riesigen rosaroten Plastikbecken aus brustartigen Erhebungen Milchfontänen auf.

Der Geruch geronnener Milch verbreitete sich und setzte bei gesättigter Infiltration des Raumes sensorgesteuert die Mechanik eines monströsen Panoptikums aus Babyfläschchen in Gang, das – um die eigene Achse kreisend – sich mal nach rechts, mal nach links, mal nach oben, mal nach unten ausdehnte und alles zu penetrieren schien, während laute Pumpgeräusche ertönten.

»Ein perfekt funktionierendes, sinnliches und zugleich verstörendes Gesamtkunstwerk«, zitierte lautstark ein greiser Galeriebesucher.

Ja, das Einladungsschreiben habe nicht zu viel versprochen, bemerkte der bereits erschöpfte Kunstkritiker und geleitete zu nächsten Installation.

Noch willig folgte das Publikum, eilte ihm doch traditionell der Ruf voraus, innovative Entwicklungen des Kunstbetriebes rückhaltlos anzunehmen und mit Investitionen nicht zu geizen.

Der Kunstkritiker signalisierte die kommende Herausforderung mit ausgestrecktem Zeigefinger:

Entlang der gegenüberliegenden Galeriewände türmten sich Windelberge. Ein intensiver Urin- und Kotgeruch, von kleinen Ventilatoren großzügig verteilt, machte sich breit.

Der Alltag »bespielt« den ästhetischen Raum, selbstverliebt nutzte der Kunstkritiker diese wohl in seinen Kreisen beliebte Wendung und öffnete dabei großzügig und einladend die Arme.

Das Publikum rang nach Luft und blickte nun gebannt auf den Marmorboden, wo sich aufgerollte Cremetuben, schimmelnde Gläschennahrung, Babyshampoos, Wickelunterlagen, Milchpumpen, Feuchttücher, buntes Plastikgeschirr

sowie polsterartige bunt bedruckte Windeln –
wie von Geisterhand bewegt – zu immer neuen
Mustern gruppierten.

Eine scheinbar zufällig in Gang gesetzte Puder-
dusche überzog hin und wieder alles mit einem
weißen Film, dessen angenehm duftende Partikel in einem von Zufallsgeneratoren festgelegten
Zeittakt von einem starken Gebläse im Raum
und über die Gäste verteilt wurden und für einen
kurzen Moment die üblen Gerüche der Gesamt-
installation überdeckten.

Dann setzte aus dem Deckenbereich kom-
mend ein von lautem Sauggeräusch begleiteter
Sog ein, der die weißen Puderpartikel wohl nach
oben transportierte, aber auch teuer arrangierte
Frisuren und luftige Garderoben nachhaltig de-
rangierte. Eine Fluchtbewegung des Publikums
begann, während in einer digital gesteuerten End-
losschleife das blonde pausbäckige Mädchen aus
der Zwiebackreklame blinzelte, grinste, greinte,
sich übergab – das alles überdimensional und
an die Decke des Galerieraumes projiziert, grell-
bunt, ununterbrochen und »irgendwie vertraut«,
wie der Kunstkritiker nun mit letzter Kraft aus-
stieß und sich das weiß bestäubte Gesicht mit
dem roten Seidentuch betupfte.

»Jedenfalls funktioniert alles«, bemerkte zufrieden der für Mechanik und Elektronik

gesamtverantwortlich zuständige Ingenieur aus dem Unternehmen der Witwe und stieß erleichtert mit den an der aufwändigen Montage beteiligten Handwerkern verschiedener Gewerke an.

Diese, von einer rührigen jungen Reporterin nach ihrem ästhetischen Urteil befragt, schwiegen beharrlich und wie verabredet.

Allein Hassan – ebenfalls handwerklich beteiligt und im Stab des Ingenieurs – erklärte diplomatisch, man habe nur das ausgeführt was der künstlerische Plan vorsah.

»Ein feministisches Gesamtkunstwerk«, raunte die philosophisch geschulte Medienschaffende und Freundin der Witwe und machte sich die Mühe, Ines zahlreiche und detaillierte Skizzen sowie unsortierte handschriftliche Anleitungen zum Aufbau der Installation samt tagebuchartigen Notizen zur körperlichen Befindlichkeit der Künstlerin im Schaffensprozess durchzublättern.

»Sehr wertvoll!«, sagte sie. Man solle unbedingt ein Buch daraus machen«, schlug sie der Witwe vor und erklärte ihre Bereitschaft, als Herausgeberin zu fungieren. Sie kenne einen hervorragenden Fotografen, der bestimmt mitarbeiten würde. Ein Verlag ließe sich schon finden.

Die plärrenden Zwillinge, wie mit einem nachhaltig haftenden Klebstoff an ihrer Mutter teilbefestigt, zappelten immer noch auf Ines breiten Hüften. Das weißgeschminkte Bellini-Madonnen-Gesicht der Mutter strahlte sanft, standhaft und nahezu übernatürlich.

»Die Laokoon-Gruppe – aus weiblicher Perspektive!«, schwärmte nun der zweite, vorsorglich von der Witwe geladene Kunstkritiker im weißen Anzug und deutete überschwänglich auf Ines und die Kinder.

Die noch verbliebenen Besucher klatschten höflich Beifall und zogen es dann vor, sich ob der starken Gerüche in die Eingangshalle zu begeben, um dort verköstigt zu werden.

Ines habe sich selbst übertroffen, jauchzte der zielstrebig vor Ort verbleibende junge Fotograf, der die Künstlerin ausdauernd vor wechselnden Exponaten arrangierte und abbildete.

Ihr Leidmanagement sei ihre Kunstproduktion – und umgekehrt –, erklärte Ines nachdrücklich und plötzlich sehr erwachsen einem wegstrebenden Hörfunk-Reporter ins Mikrofon.

Die sie umgebenden feministischen Aktivistinnen nickten und riefen immer wieder »Brava!«.

Die restlichen Herren – inzwischen eindeutig in der Minderheit – zogen sich zurück und bildeten in der Eingangshalle kleine Gruppen, in denen geraunt, heftig getrunken und leise gelacht wurde.

Hin und wieder ging man gemeinsam auf die Straße zum Rauchen und solidarisierte sich dort mit den pausierenden Kellnern und deren ungehemmt rüden Ansichten über Kunst und Frauen.

Es hieß, man habe Ansgar Stahl, Ines nach Portugal geflüchteten Mann, Videos des Abends und der Gattin nebst Zwillingen geschickt. Ohne je eine Antwort erhalten zu haben.

»Eine gelungene Vernissage«, sagte die Witwe.

Und sie kalkulierte im Stillen die Kosten dieses Unternehmens im fünfstelligen Bereich, während ihr Begleiter, der zitatenreiche Germanist, über das heikle Verhältnis von »Natur und Kunst« nachsann und wie diese Komponenten sich eigentlich fliehen, aber gleichzeitig auch anzögen und schließlich doch zusammenfänden.

Und wie das alles mit Ines und ihrer Kunst zusammenhinge und was diese mit den Galeriebesuchern machte.

Und wie es mit ihm, dem Lyriker, und dem Kreis der Poesie eigentlich stünde.

Und wie die reiche und willensstarke Witwe doch alles in der Hand habe.

Letztere und auch weiterhin an ihm nagende Erkenntnis behielt er zunächst für sich und verbot sich vergebens existenzielle Zweifel. Die geneigte Witwe lächelte ihm aufmunternd zu und freute sich auf die weitere Entwicklung nicht nur des Abends, der sich in der Eingangshalle und auf der Straße abspielen würde.

Arm in Arm mit ihrer Freundin und Schriftstellerin, der Dame mit der Amaryllis, schritt die Unternehmerin heiter umher und genoss die diversen und sichtbar zunehmenden Ausschweifungen sowie die sprachlich pointiert und unterhaltsam dargebotenen Deutungen der Begleiterin.

Ines, von einer Welle des gelenkten Erfolges getragen, war endlich versöhnt mit Natur und Kunst und tat das lautstark und auf ihre Weise kund.

Sie trank und aß, aß und trank, ließ sich huldigen und überließ schließlich die erschöpften Zwillinge vertrauensvoll den Freundinnen und ihre Gäste den immer intensiver in die Eingangshalle strömenden Gerüchen ihrer Kunst und verließ das Fest frühzeitig und ausgelassen mit dem jungen Fotografen der Lokalzeitung.

Kapitel 20

Plötzlich und für Außenstehende überraschend meldete das Unternehmen der allseits wohltätig wirkenden und nun auch in der Kunstwelt gefeierten Witwe Insolvenz an.

Betriebsversammlungen fanden statt, Gewerkschaftsvertreter opponierten, Mitarbeiter wurden entlassen, Aufträge abgewickelt, die Produktion eingestellt, Fabrikhallen geschlossen, Maschinen verkauft, Rechtsanwälte, Banken und Gläubiger konsultiert, soziale und künstlerische Projekte aufgekündigt.

»Tabula rasa«, sagte die Witwe.

Die lokale Presse überbot sich mit Lob für die Unternehmerin. Selbst die klügsten und verantwortungsvollen unternehmerischen Köpfe fänden kein Auskommen mehr in diesen Zeiten multipler Krisen, lamentierte man auf der Wirtschaftsseite des Anzeigers.

Nationale Medien rühmten die eigenwillige, kreative und vorbildlich humanistisch orientierte Persönlichkeit der Unternehmerin und veröffentlichten halbseitige Portraits aus ihren besten Zeiten und rühmten ihren perfekten Abgang.

Freundinnen und Freunde, Bekannte und Günstlinge wandten sich zusehends ab und suchten neue Gönner, während das aktuell erschienene Buch der Unternehmerin die Bestsellerlisten bereits eroberte, weil es den sozialen und politischen, den kulturellen und ökonomischen Niedergang der Republik anschaulich und unverstellt erkläre, wie Dr. Leu, befreundeter Jurist und Notar, wohlwollend in einem Clubvortrag ausführte.

»Ein blutrünstiges, karikierendes Schlachtgemälde«, kommentierte ein missgünstiger Feuilletonredakteur den Bucherfolg der Unternehmerin und sorgte damit in den nächsten Wochen für heftige Diskussionen in der Medienwelt der Republik, was den Verkaufserfolg ihres Buches enorm steigerte. Die Dame mit der Amaryllis und langjährige Vertraute formulierte teilnahmsvoll ihr Verständnis für den Rückzug der Gefährtin aus dem öffentlichen Leben der Stadt am Strom und deren ökonomischen und politischen Sphären.

Sie geißelte Instrumentalisierungen und ungute Netzwerke, nannte Schnorrer und Parasiten beim Namen, erinnerte an frühere Glanzpunkte der Wohltätigkeit, an Anerkennung und Auszeichnung, dankte für wertvolle Erkenntnisse und persönlich bereichernde Erfahrungen.

Und besann sich wieder auf die Vorteile ihrer

Gabe der radikalen Durchsicht und des ana-
lytischen Schafsinns. Und blieb weiterhin standhaft an der Seite der Freundin.

Die Utopie eines gelingenden Lebens, so tröstete
der Germanist die Witwe, könne immer noch ihr
Leitstern bleiben, auch wenn die Zeiten härter,
die Menschen schlechter und Einnahmequellen
geringer würden.

Er blieb diesmal ein aussagekräftiges Zitat
schuldig, zumal ihn die ökonomische Siche-
rung seiner künftigen Existenz fern der Witwe
zunehmend gedanklich in Anspruch nahm.
Die Witwe hob leicht die schmalen Schultern,
lächelte und dankte ihm für erwiesene Unter-
stützung und Zuwendung. Sie wusste, dass er
demnächst mit der philosophisch geschulten
Medienschaffenden und nun auch gemeinsamen
Freundin Richtung Südfrankreich aufbrechen
würde.

»Die Fröste der Macht...«, dachte die Witwe und
schlug den Kragen ihres rehbraunen Kaschmir-
mantels hoch.

»Dann doch besser die der Freiheit!«

Sie hatte inzwischen das Deutschlandticket erworben und wollte zu Frau Wiesengrund in die
östliche Provinz.

»Alles anschauen, auch die Ränder der Republik, die dort lebenden Menschen und ihre Städte, Felder und Wälder«. Damit hatte Frau Wiesengrund erfolgreich gelockt, »Anschauen und verstehen...«, hatte die kluge Witwe ergänzt.

Hassan erklärte sich mit Einverständnis seiner Mutter bereit, die Witwe auf dieser ihm nicht ungefährlich erscheinenden Reise zu begleiten. Er hatte die Furie des Verschwindens lieben gelernt und sah sein Schicksal eng mit dem der Unternehmerin verknüpft.

An nächsten Morgen fuhren Hassan und die Witwe mit der frühen Regionalbahn und leichtem Gepäck Richtung Zwickau. Unweit der sächsischen Industriestadt hatte die Unternehmerin auf Anraten von Frau Wiesengrund rechtzeitig viel Land und Wald sowie eine Schule nebst dazugehörigem Dorf erworben.

Da ließe sich viel machen, davon waren die Frauen überzeugt.

Und sie hatten inzwischen tatkräftige Gleichgesinnte gefunden: die den Zeitgeist erforschende Soziologin und den verborgenen Kräften des Ostens zugetane Frau Waldschmidt und den ihr inzwischen treu verbundenen und handwerklich ungemein begabten Herrn Faber sowie Frau Stein, die in Sachen Finanzen sehr erfahrene und großzügige Frankfurterin, stets offen für zukunftsweisende Anlagen und uneigentliche Lebensentwürfe.

Auf keinen Fall würde dieses im Osten ge-
legene und nicht unerhebliche Vermögen der
klugen Witwe Teil der Insolvenzmasse im Wes-
ten werden. Dafür hatten die Rechtsanwälte der
Unternehmerin gesorgt.

Schlicht wolle sie leben und fern ab tradierter
Verpflichtung und Verstrickung aller Art. So be-
griff die Witwe jetzt Freiheit.

Frau Wiesengrund und Hassan stimmten ihr
verständnisvoll zu. Jedenfalls vorläufig und insbesondere was die Bedeutung von Sachgütern in
Zeiten der Krisen und Kriege anginge.

Und bestimmt würde die Dame mit der Amaryllis, Freundin, Vertraute und Hüterin der Erzählung später noch dazu stoßen.

Ihre Gabe des Durchblicks wäre nützlich bei
kommenden Nickligkeiten. Davon war die kluge
Unternehmerin überzeugt.

Und mit leichtem Seufzen und nicht ohne
Selbstironie erinnerte sich die kluge Witwe an
den nun im Süden weilenden Germanisten.

Gewiss hätte er hier und jetzt skrupellos die
lyrischen Sentenzen vom Zauber des Anfangs
bemüht.

Sie lächelte.
Hassan nickte.